共和国故事

德政工程

——国家安居工程正式启动

何 森 编写

吉林出版集团股份有限公司

图书在版编目（CIP）数据

德政工程：国家安居工程正式启动/何森编. —

长春：吉林出版集团有限责任公司，2009.12

（共和国故事）

ISBN 978-7-5463-2099-1

Ⅰ．①德… Ⅱ．①何… Ⅲ．①纪实文学 - 中国 - 当代 Ⅳ．①I25

中国版本图书馆 CIP 数据核字（2010）第 000440 号

德政工程——国家安居工程正式启动

DEZHENG GONGCHENG　　GUOJIA ANJU GONGCHENG ZHENGSHI QIDONG

编写	何森		
责任编辑	祖航　息望		
出版发行	吉林出版集团股份有限公司		
印刷	三河市嵩川印刷有限公司		
版次	2010 年 1 月第 1 版		2022 年 1 月第 10 次印刷
开本	710mm×1000mm　1/16		印张　8　字数　69 千
书号	ISBN 978-7-5463-2099-1		定价　29.80 元
社址	吉林省长春市福祉大路 5788 号		
电话	0431 - 81629968		
电子邮箱	tuzi8818@126.com		

版权所有　翻印必究

如有印装质量问题，请寄本社退换

前　言

　　自1949年10月1日中华人民共和国成立至今,新中国已走过了60年的风雨历程。历史是一面镜子,我们可以从多视角、多侧面对其进行解读。然而有一点是可以肯定的,那就是,半个多世纪以来,在中国共产党的领导下,中国的政治、经济、军事、外交、文化、教育、科技、社会、民生等领域,都发生了深刻的变化,中国人民站起来了,中华民族已屹立于世界民族之林。

　　60年是短暂的,但这60年带给中国的却是极不平凡的。60年的神州大地经历了沧桑巨变。从开国大典到60年国庆盛典,从经济战线上的三大战役到经济总量居世界第三位,从对农业、手工业、资本主义工商业的三大改造到社会主义市场经济体制的基本确立,从宜将剩勇追穷寇到建立了强大的国防军,从废除一切不平等条约到独立自主的和平外交政策,从"双百"方针到体制改革后的文化事业欣欣向荣,从扫除文盲到实施科教兴国战略建设新型国家,从翻身解放到实现小康社会,凡此种种,中国人民在每个领域无不留下发展的足迹,写就不朽的诗篇。

　　60年的时间在历史的长河中可谓沧海一粟。其间究竟发生了些什么,怎样发生的,过程怎样,结果如何,却非人人都清楚知道的。对此,亲身经历者或可鲜活如昨,但对后来者来说却可能只是一个概念，对某段历史的记忆影像或不存在，或是模糊的。基于此，为了让年轻人，特别是青少年永远铭记共和国这段不朽的历史，我们推出了这套《共和国故事》。

《共和国故事》虽为故事，但却与戏说无关，我们不过是想借助通俗、富于感染力的文字记录这段历史。在丛书的谋篇布局上，我们尽量选取各个时代具有代表性或深具普遍意义的若干事件加以叙述，使其能反映共和国发展的全景和脉络。为了使题目的设置不至于因大而空，我们着眼于每一重大历史事件的缘起、过程、结局、时间、地点、人物等，抓住点滴和些许小事，力求通透。

历史是复杂的，事态的发展因素也是多方面的。由于叙述者的视角、文化构成不同，对事件的认知或有不足，但这不会影响我们对整个历史事件的判断和思考，至于它能否清晰地表达出我们编辑这套书的本意，那只能交给读者去评判了。

这套丛书可谓是一部书写红色记忆的读物，它对于了解共和国的历史、中国共产党的英明领导和中国人民的伟大实践都是不可或缺的。同时，这套丛书又是一套普及性读物，既针对重点阅读人群，也适宜在全民中推广。相信它必将在我国开展的全民阅读活动中发挥大的作用，成为装备中小学图书馆、农家书屋、社区书屋、机关及企事业单位职工图书室、连队图书室等的重点选择对象。

编　者

2010 年 1 月

目录

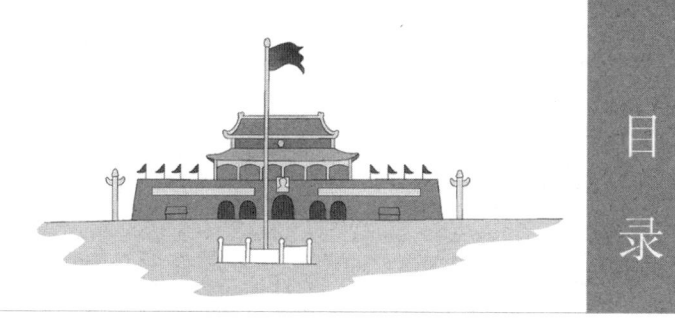

一、进行探索
建委召开城建住宅会议/002
邓小平提出住房商品化/008
人民银行试办购房储蓄/013
成立住房改革领导小组/017

二、不断创新
中央推进住房商品化/022
国务院提出租售建并举方针/028
上海推出公积金等办法/034
中央确定"出售公房为重点"思路/038

三、深化改革
国家安居工程正式启动/046
召开全国房改交流会/055
召开全国城镇房改会议/060
朱镕基宣布住房商品化/066

四、全面推进
全国停止住房实物分配/074
公布住房公积金管理条例/082

目录

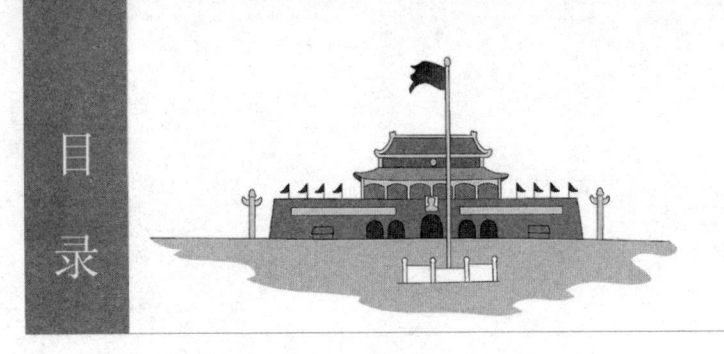

出台政策稳定住房价格/089

解决低收入者的住房困难/095

五、巨大成就

哈尔滨住房改革成绩显著/100

深圳探索住房改革之路/104

成都住房改革取得辉煌成果/112

宁夏房改三十年的变化/115

一、进行探索

- 邓小平指出：譬如允许私人建房或者私建公助，分期付款，把私人手中的钱动员出来，国家解决材料，这方面潜力不小。

- 邓小平指出：要考虑城市建筑住宅、分配房屋的一系列政策。城镇居民个人可以购买房屋，可以一次付款，也可以分期付款。

- 中国人民银行负责人表示："国家鼓励私人购房、修房，今年要试办购买住房储蓄、修房储蓄等项业务。"

建委召开城建住宅会议

1978年9月7日至13日，国家建委在北京组织召开城市住宅建设会议。

这次会议邀集各省、自治区、直辖市建委及一些城市建委和房管部门的负责同志，国务院各部委主管这方面工作的负责同志，就如何加快城市住宅建设问题，共同进行了认真的研究，提出了初步的规划设想和实施意见。

会议传达了邓小平有关住房改革的重要指示，邓小平指出：

> 解决住房问题能不能路子宽些，譬如允许私人建房或者私建公助，分期付款，把私人手中的钱动员出来，国家解决材料，这方面潜力不小。

9月25日，国家建委向国务院提交了《关于加快城市住宅建设的报告》。这个"报告"提出了七年规划和两年的设想，以及加快住宅建设的措施。

"报告"指出：

邓小平指示：到 1985 年，城市平均每人居住面积要达到 5 平方米。这为我们明确提出了今后七年住宅建设的目标。我们一定要实现这个目标，而且要力争多搞一些。

"报告"还提出了抓紧制订住宅建设规划、切实保证建筑材料的供应、建立一支住宅建设的专业队伍、认真搞好住宅设计、积极推行"六统一"等加快住宅建设的措施。

10 月 19 日，国务院同意国家建委《关于加快城市住宅建设的报告》，并转发给建委参照执行。国务院在批转这个"报告"时指出：

党中央对改善人民的居住条件问题非常重视。加快城市住宅建设，迅速解决职工住房紧张的问题，是关系到发展生产、改善人民生活、发展安定团结大好政治形势的一件大事。"报告"提出，到 1985 年，城市平均每人居住面积要达到 5 平方米。这个目标，一定要力争实现。各地区、各部门要结合具体情况，参照"报告"中提出的各项措施意见，认真落实投资、材料，尽快把住宅建设的专业队伍建立起来，把住宅建设搞上去，为迅速改变城市住宅的紧张状况而奋斗。

为了切实解决城镇居民的住房问题，1978年10月20日上午，时年74岁的邓小平来到前三门大街住宅楼的工地进行视察。

这个住宅区是唐山大地震后大规模兴建的第一个最大的住宅群，在当时带有应急的性质。

邓小平拾级登上第三层楼，先看了一个两居室，又看了一个三居室，然后环顾四白落地的一间起居室，他问随行的工作人员："房间有多大？"

工作人员随即回答说："两居室的大间是14平方米，小间9平方米；三居室的大间是14平方米，中间12平方米，小间9平方米。"

邓小平听了，略略沉思了一下说："小了点儿。"然后他又指了指天花板问："房间有多高？"

工作人员告诉他说："层高2.9米，净高2.7米。"

邓小平又问："前三门大街都是几层楼。"

工作人员回答说："塔楼高12层，板楼高8至9层。"

接着，邓小平又问："楼房的抗震系数怎么样？"

随行人员介绍说："前三门大街的住宅楼动工时赶上了唐山地震，所以在后来的设计上考虑到了按地震烈度8度设防。"

邓小平听后，满意地点了点头。之后，他又仔细地看了钢门窗、阳台，并推门看了厨房和卫生间。

视察完宣武门东大街16号楼，邓小平又来到宣武门西大街4号板楼。

他登上中单元二层，仔细观看了住房。从房间里出来后，用商量的口气提出："层高能不能降低一些，把面积搞得大一些。"

邓小平可不是随便说的，他是在视察了京、津、唐三市不同的住宅楼后，经过深思熟虑才向建筑专家们提出来的。

那是这年的9月，邓小平视察唐山市地震后的重建工作时，反复强调城市规划的思想，指示新唐山建设："要总结经验，总的六个字，实用、美观、结实，搞一段要总结一段经验。"

邓小平这一指导思想，应该适用于所有的城市规划建设，也适用于城镇住房的建设。

但是在当时，北京住宅建设跌入低谷，1976年城市人均居住面积反而比1957年降低了0.34平方米。

特别是唐山大地震后，居民住宅的抗震安全、百姓安居宜居问题，日益迫切地提上了中央最高决策层的工作日程。

因此，在1978年仅一个多月的时间里，邓小平就先后视察了东北地区及天津、唐山等地的居民住宅，提出了城市建设与城镇住房建设的指导思想。

不久，北京市建筑设计研究院就设计了一套新的住宅标准图，与传统的标准住宅设计相比，室内高度为2.53米，每户的面积则增加了1.5平方米，但预算成本反而便宜了 77 元。

北京市建筑设计研究院总建筑师刘晓钟后来说："1.5 平方米现在看不算什么，可在当时，对于住房条件相对紧张的居民来说，每户增加 1.5 平方米可以解决他们不少实际困难。"

邓小平在视察北京前三门大街居民住宅时，总是善意而切实地对新建住宅提出改进意见。他提出，今后修建住宅楼时，设计要力求布局合理，要增加使用面积，要考虑到住户的方便。

在当时，许多家庭面临"洗澡难"的问题。对此，邓小平提出，要尽可能安装一些淋浴设施，让居民能在家里洗上热水澡。他还提出要在可能的条件下，注意室内外装修的美观，多采用轻质建筑材料，冲破我国"秦砖汉瓦""肥梁胖柱"式的传统建材格局。

另外，他还多次讲到，要降低房屋造价，为今后的住宅商品化打通道路，使百姓"居者有其屋"。

巩淑萍老人后来回忆说：

> 我在电视上看到，小平同志视察前三门大街住宅楼时，得知户门的锁还是平房用的普通锁，于是建议使用撞锁。我们刚住进来时户门已经换成了撞锁，感觉方便多了。
>
> 刚搬来的时候，我们一家 5 口人，两个女儿住一间，儿子要结婚所以一个人住一间，自

己和老伴儿住一间，当时感觉已经是很宽敞了。以前一直住平房，所以搬进楼房特别高兴，楼房里有暖气，冬天再也不用烧煤球了。如今，我的儿子已经在南城买了 130 多平方米的大房子，两个女儿也都有了自己的房子，家里只剩下老人和孙子，老两口一人住一间，余下的一间成了客厅。

在全国其他地方，住房改革也逐步进入探索试点阶段。1979 年，国家城建总局从国家补助的住宅建设资金中分别拨给陕西、广西一部分资金，在西安、南宁、柳州、桂林、梧州等市进行建房全价出售给私人的试点，每平方米建筑面积售价为 120 元至 150 元。

限于当时职工收入水平和低房租的因素以及售房的有关政策不够配套，人们感到买房不合算，开始登记购房的人不少，而标价后买房的人并不多。

几年中，在 50 个城市进行了向私人出售住宅的试点，总共才出售了 36.6 万平方米。

邓小平提出住房商品化

1980年4月2日，邓小平同中央负责人谈长期规划的问题。在谈到建筑业和住宅问题时，邓小平指出：

要考虑城市建筑住宅、分配房屋的一系列政策。城镇居民个人可以购买房屋，也可以自己盖。不但新房子可以出售，老房子也可以出售。可以一次付款，也可以分期付款，10年、15年付清。住宅出售之后，房租恐怕要调整。要联系房价调整房租，使人们感到买房合算。不同地区的房子，租金应该有所不同。将来房租提高了，对低工资的职工要给予补贴。这些政策要联系起来考虑。

邓小平的意见，为解决城镇居民住房问题指出了方向。

那还是在此前的1月份，经济学家苏星在《红旗》杂志第二期发表《怎样使住宅问题解决得快些》的文章，用马克思主义的观点指出，私人购房与社会主义公有制并不矛盾。这篇文章为住房改革提供了理论根据。

为什么要进行房改呢？中国房地产及住宅研究会副

会长顾云昌后来回忆道：

> 我有一个数据，解放初期，我国人均住房居住面积是4.5平方米，1978年，我国人均住房居住面积只有3.6平方米，反而下降。其中有城市人口增加的原因，但主要还是建设速度跟不上。前30年，虽然开始提倡解决居民住房问题应依靠中央财政、地方财政、企业以及个人。但实际上仍以前三者为重。问题就出来了，效益好的单位和个人就分到了房子，效益不好的单位和个人就没有分到房子，造成了贫富差距。另一个现象就是租金很低，每平方米只有一毛钱左右，也就是说在一套房子里面，养一只老母鸡，老母鸡生下的鸡蛋就足够交房租了，影响了住宅的良性循环，实物分配的住房制度必须改变。

同年6月22日，中共中央、国务院在批转《全国基本建设工作会议汇报提纲》中正式提出：

> 准许私人建房、私人买房，准许私人拥有自己的住房。

自此，中国正式实行允许住房商品化的政策，揭开了中国城镇住房制度改革的序幕。

吴英老人曾是中科院生物学地学部的退休职工，她在回忆自己全家的第一次搬迁经历时说道：

> 30年前，我们家10口人挤在只有20平方米的小屋里；那年，小女儿为了能赶上单位福利分房的"末班车"，匆匆忙忙与现在的女婿领了结婚证；小儿子却因刚参加工作，没能分上房而独自憋屈了整半年……

1980年，邓小平提出推进我国住房商品化的指导性意见后，同在这一年，吴奶奶家开始第一次搬迁。她回忆说：

> 因为政府要进行旧城改造，我们原来的老房子要进行搬迁。当时的政策允许我们按照户口和人头分到楼房。就这样，我们老两口加上小儿子、小女儿分得了一间46平方米的两居室，已经成家的二女儿和刚刚工作的四女儿则从7平方米的小屋搬进了同一栋楼的一间一居室和一间半居室。

从平房搬到楼房后，吴奶奶兴奋了很久。她继续讲述自己从前的故事：

自己的两居室，有个可以放下一张饭桌的客厅兼饭厅，还有厨房、卫生间，卫生间虽然只有1平方米左右，但与在平房相比已经是个巨大的进步了。

1981年，全国公房出售试点扩展到23个省、自治区的60多个城市和一部分县镇。

1982年4月，国务院原则同意了国家建委、国家城市建设总局《关于出售住宅试点工作座谈会情况的报告》。

"报告"指出：

遵照国务院领导同志关于"城市房屋出售问题，要选择几个城市打开局面，摸出经验"的批示，国家建委、国家城市建设总局经过研究，初步选定先在常州、郑州、沙市、四平四个城市进行试点，并于3月15日至17日，邀请有关省、市人民政府和建委、城建局、房管局，以及国家计委、财政部、人民银行、建设银行的同志，专门就如何搞好试点问题进行了座谈。

（一）对新建住宅积极试行补贴出售的办法。今后，各部门和企业、事业单位新建住宅，要努力创造条件向个人出售，以便逐步过渡到以购买为主。

（二）对原有住宅可按不同情况区别对待。新建住宅实行补贴出售办法，原有住宅的出租办法也需要作适当的改革。

（三）各有关部门要大力支持试点工作。城市住宅由分配改为出售，涉及计划、财政、物资、银行等许多部门，只有在各方面的共同努力下，密切配合，才能搞好。

（四）当地人民政府要加强对试点工作的具体领导。城市住房现行制度的改革，关系广大群众的切身利益，政策性很强，需要切实加强领导，进行深入细致的组织工作，及时解决工作中存在的问题。

上述四个城市要抓紧制订试点方案，争取五月份把各项措施落实下来，迅速行动。

这个办法把城市住宅原来的分配办法改为补贴出售的办法，受到了群众的欢迎，职工购买住宅非常踊跃。

人民银行试办购房储蓄

1983年2月,《经济日报》报道中国人民银行负责人的谈话:

> 国家鼓励私人购房、修房,今年要试办购买住房储蓄、修房储蓄等项业务。

1983年,《中华人民共和国住宅法》被正式纳入全国人大法制委员会的立法程序。但由于当时住房制度改革还在不断深入,新的情况不断出现等原因,住宅法便未能出台。

1984年10月,根据4个城市补贴出售住宅的试点情况,国务院批转了原城市建设环境保护部关于扩大城市公有住房补贴出售试点的报告。

国务院的批文指出:

> 城市公有住宅补贴出售给个人,是逐步推进住宅商品化,全面改革我国现行住房制度的重要步骤。试点城市的政府要加强领导,及时解决试点中的问题,不断总结经验,为在全国全面开展住宅补贴出售工作创造条件。

原城市建设环境保护部批准了包括北京、天津、上海及全国23个省的82个城市作为第二批试点城市。在这个政策的鼓励下，全国各地兴起了一股购房热。以嘉兴市为例：1978年至1982年，嘉兴市中心区内共有8245对青年结婚，同期内各企事业单位建成住宅5868套。即使将建成的新房全给这批结婚的青年，其缺口还有2377套。

嘉兴冶金厂陈杞老人后来回忆说：

我们嘉兴冶金厂一年中打报告要房的有271户，其中56%的刚结婚或要结婚的青年，平均年龄是29.6岁。我回城后好不容易搞了个对象，年纪也老大不小了，急着结婚，没房，我的父母只能把老房子腾出来给我做了新房，我父亲搬到单位住，母亲住进了厨房里。所以，我能在28岁娶上媳妇，全仗了父母那套23平方米的板式房，因此，虽然我有了幸福的婚姻，但我父母却足足分居了5年。

1984年，国务院批准了几个试点城市实行"公有住房补贴出售"的报告，后来邓小平又有了"不仅新房子可卖，老房子也可卖"的说法，再次引起购房热。

时任嘉兴市房管处副主任的陈学贤后来回忆说：

嘉兴撤地建市后搞的第一个大动作就是中山路拆迁，正是在"自己承担一点，国家补贴一点，单位出资一点"的政策下，才有了现在的百花新村。

到1984年初，4个城市共补贴出售住宅1.214万套住房，建筑面积11.45万平方米，投资1640万元，收回的资金约占投资的30%，并出现了供不应求的局面。

20世纪80年代，上海人的住房一般是没有煤卫的房子，其实就是一间睡觉的房间而已。做饭靠煤球炉，上厕所用马桶。马桶是木质的，可以提，用过以后到专门的地方去倒。经常能见到的盛况，是傍晚弄堂里生煤球的滚滚煤烟，以及清晨穿着睡衣睡眼惺忪的大妈们倒马桶。

1984年，上海市政府批准实施的《上海市出售商品住宅管理办法（试行）》规定：

> 一般标准的商品住宅，不分高层或多层，每平方米建筑面积的出售基价定为360元。职工个人购买的商品住宅，其售价按出售基价乘以价格的增减系数计算。价格的增减系数根据商品住宅所处的地段以及房屋的层次、朝向确定……职工个人购买全价出售的一般标准商品

住宅，价款必须一次付清，出售价格可给予九折的优惠，并优先供房。职工购买补贴出售的一般标准商品住宅，个人承付的价款不得少于1/3，其余部分由国家或企业事业单位补贴。

这一管理办法同时说明自1984年6月1日起试行一段时间后，再总结经验，予以修订。

1986年7月，上海组建了全国第一个住宅合作社，即"新欣住宅合作社"。住房困难的职工可自愿参加合作社，建房资金由社员承担总造价的三分之一，其余资金由社员所在单位资助和向有关部门贷款。住房的建造、分配和管理由合作社负责。

1987年12月，上海又组建了"上海市工联住宅合作社"。到1990年底，这两个合作社集资建成住宅近2万平方米。

到1985年底，全国共有27个省、自治区、直辖市的160个城市和300个县镇实行了个人补贴出售住宅。几年中，共向个人出售了1000万平方米以上的住房。

成立住房改革领导小组

1986年1月,国务院住房制度改革领导小组从建设部、国家计委、财政部、劳动人事部、国家物价局、国务院发展研究中心等部门选调人员组成领导小组办公室,设立城市建设部,作为改革和试点的办事机构。自此,我国城镇住房制度改革工作在国务院领导下直接开展起来。

同年3月,原城市建设环境保护部发出的《关于城镇公房补贴出售试点问题的通知》指出:

这一试点为推行住宅商品化积累了经验,起到了投石问路的作用,特别是冲击了长期以来"住房靠国家分配"的老观念,给今后住房制度的改革造了舆论。

"通知"提出了在试点中反映出的一些问题,具体来讲有四点:

一是补贴偏多,售价较低,算总账国家负担不比原来低租金分配减轻多少。

二是个人付出2000元左右即取得了50平方

米上下的一套住房所有权，企业单位因为不能再提取折旧基金，感觉吃亏而没有卖房的积极性。

三是由于大部分住房仍然实行低租分配的办法，已经有房住和将要分到房子的职工不愿意买，要求买房的实际上多是一些没有希望分到房子和收入低的职工。

四是这一试点解决不了那些没有能力建房的企事业单位的职工住房问题。

这些情况说明，对现行住房制度的改革需要在总结经验的基础上另作考虑。

因此，"通知"最后规定：

今后城市出售公有住宅，原则上按全价出售。住宅单方造价小城市超过120元、大中城市超过150元的，如果职工所在单位有经济实力，可以给予低收入者以适当的补贴。

1987年8月2日，国家计委、建设部、国家统计局联合发出《关于加强商品房屋建设计划管理的暂行规定》，决定自1987年起，各地区的商品房屋建设纳入国家计划。

作为全国首批试点城市之一，烟台首先承受这一改革冲击，当时烟台市有6.8万户家庭、13.9万名职工。

1987年10月22日，烟台工人文化宫内，人流如潮，会场挂着数以万计的卖房换房条幅，连四周临时拉起的250平方米的篷布也贴满了买房换房公告。

4天大会中，参加人数达到万余人。有3000多户要求买房，1000多户提出以大换小，这是从未有过的现象。

也就是在这次住宅交易调换大会上，烟台救捞局职工王荣光购买了一套两室一厅建筑面积57平方米的住房。20多年过去了，王荣光仍然清晰地记得当时拿到钥匙那一刻，他回忆说：

> 当时的激动与喜悦真的是无以言表，从此，我有了自己的房子！来得如此之快，有些难以置信，以至于晚上睡在床上都还在心里一遍又一遍地问：这房子真的是属于自己了吗？

那天，兴奋的不仅是王荣光一家，还有25岁的烟台教育学院数学教师高广选，那一天，新婚数月一直寄居在朋友家中的高广选终于如愿了。

6家亲戚凑足了45万余元，才领到一张房产证和两把铜钥匙。高广选兴奋地回忆说：

> 当时没有比房子更迫切的了。房子属于自己的第一天，妻子里里外外彻彻底底地重新把

它打扫了一遍，布置也是焕然一新，心里充满了美好的遐想。虽然竭尽全力，周旋于亲朋好友之间筹资买房，但我们心里高兴。从此，我们有了一个遮风挡雨的栖身之地，有了一个稳定的家。

1987年初，江泽民在上海市房管系统先进劳模座谈会上正式宣布，把住房解困工作列入市政府工作议事日程，当年先解决6000户住房人均2平方米以下的特困户，将其列为市政府年内要解决的15件实事之一，提交市人大会议讨论，解困提案顺利通过。

时任上海市委书记的江泽民亲自下基层核实住房特困户的户数，并指示一定要把困难群众的住房问题解决好。

同年4月27日，上海市政府颁发了22号文件，对住房解困的目标、渠道、房源、资金、办法等作了规定，并宣布成立由分管市长挂帅，各委、办、局领导参加的上海市解决居住特困户联席会议，下设联席会议办公室为常设机构，具体负责和指导全市的住房解困工作。

全市各单位相继成立了解困办，1万多名基层干部投入住房解困工作的行列。10月16日，也就是住房解困工作开始半年之后，首批6000户特困户全部乔迁新居。

截至1988年9月27日，上海15221户人均居住面积2平方米以下的特困户全部得到解困，由此树起了上海住房解困工作的第一块里程碑。

二、不断创新

- 朱镕基针对上海的住房制度改革说:"新加坡的公积金制度,可以借鉴。"

- 李铁映说:"13年来房改取得了重大进展,同时也面临着一些突出问题。主要是住房商品化、社会化步子不够快,不能适应转换国企经营机制的需要。"

中央推进住房商品化

1988年1月15日至18日，第一次全国住房制度改革工作会议在北京召开。

国务院秘书长陈俊生宣布：

从今年开始，住房制度改革正式列入中央和地方的改革计划，决定用三到五年时间，在全国城镇分期分批推行住房制度改革。住房制度的改革办法是实现住房商品化。基本构思是提高房租，增加工资，鼓励职工买房。

不久，国务院印发《国务院关于印发在全国城镇分期分批推行住房制度改革实施方案的通知》。

1988年7月，国务院召开会议研究价格、工资改革方案时，把"加快住房制度改革，出售公房，逐步实现住宅的私有化"作为配合价格、工资改革方案出台的措施之一，要求国务院住房制度改革领导小组"提出措施、组织落实"。

为此，国务院房改办草拟了《加快出售旧公房，将房改纳入物价、工资改革方案的意见》。

其要点是：

1. 企业将职工住房券发放额的 20% 纳入职工工资中，行政事业单位以发放额的 50% 进入职工工资。
2. 将因受住房改革影响的物价指数纳入计划控制指数中。
3. 加快出售旧公房，收回的资金 20% 上缴给中央财政，20% 购买国库券，以支持物价、工资改革。

由于当时国家财政困难，住房券 20% 和 50% 进入工资的方案未获得通过。

9 月，十三届三中全会作出了治理经济环境、整顿经济秩序、全面深化改革的决策。在住房改革方面，也推出房改治理通货膨胀、缓解市场紧张度的方案。其指导思想是：

从变革所有权入手，通过将已出租的公房出售给租房者，以及鼓励和组织职工居民购买新建住宅，不断提高居民的住房自有率。

政府或企业对普通职工居民购建住宅时，实行优惠政策，如实行价格优惠、支持建设用地、减免有关税费。

根据出售公房的优惠价格，重新核定公房房租标准。

吸引个人投资，组织集资建房、合作建房，增加住房投资。

采用这种改革模式的主要是一些小城镇，如辽宁海城、黑龙江宝清、河南汝南、内蒙古达拉特等30多个小城镇，推行后都取得了较好效果。

辽宁锦州实行新法后，仅3个月就出售旧公房96%，两年内新建11万平方米新房也全部售出，人均住宅使用面积超过10平方米。

吉林的李桂玲老人回想起自己经历的改革开放30年时光，她回忆说：

我感受最深的就是搬了几次家，房子是越搬越宽敞。我是1973年初结的婚，当年底就有了第一个孩子。

想想那个时候，住房真是挤呀！结婚的时候，家里除了公公、婆婆，还有小姑和小叔，一家人就挤在一个40多平方米的两室平房里，我和爱人一间，其余的人住另一间。大女儿降生后，家里虽然热闹了，但也更挤了。而这个问题在二女儿和儿子出生后，就显得更突出了。

想想也真是不容易，一家9口人，挤在那

么小的房子里，做饭、生活、学习都挤在一起，不方便就不用说了，光是孩子的安全问题，就叫人一天到晚提心吊胆。

我印象最深的是大女儿3岁时的一天，刚开始还听见孩子说话，一转身，没动静了，一找，孩子掉炕旁边的锅里了，幸亏当时没烧火，否则后果真是不堪设想。不过好在那个时候我年轻，想问题想得也少，稀里糊涂也就过去了几年。

记得是1983年，改革开放还没几年，但当时社会的变化就挺明显了，一些单位开始为一些家庭负担重的人考虑解决住房问题。我记得孩子爷爷的单位那年刚好有了一个这样的机会。

我也没多想，就上他爷爷单位了，也不认识人家的领导，就在一个办公室主任那里简单介绍了一下自己家里的住房实际困难，也没抱什么希望。没想到，没过几天，孩子爷爷的单位就有人来了解情况了。

没多久，就给我们分配了一个40平方米的平房，虽然也不大，但再加上原来的住房，一家人住着一下子就宽敞多了。孩子爷爷他们搬家那天，全家人特高兴，从不喝酒的我们还破天荒地喝了白酒。

1988年下半年，全国住房制度改革转向以出售旧公房为突破口，上海市也在小范围内试点。

同年 3 月，上海成立了上海市住房制度领导小组，领导小组下设上海市住房制度改革办公室。同年 7 月，上海组织力量对全市的住房情况进行了全面调查。

在当时，黄浦区作为出售旧公房的试点区，有 20 户带头购买了已租住的旧住宅，平均房价每平方米为 197.28 元。

1988 年后，上海市政府又从统建公房中拨出部分住房，以建设成本三分之一的优惠价出售给住房困难职工。

1990 年春暖花开之际，国务院总理李鹏和时任上海市市长的朱镕基夜访上海普通市民家庭。

在一户住房困难的人家探访时，李鹏指着朱镕基对主人说道："这房子是差，但有你们市长在抓，这件事就有希望！"

上海市政府成立了"上海市住房问题研究小组"，对房改方案进行决策研究、优化设计。

刚刚过了春节，朱镕基就带着有关负责人到新加坡等地考察，他此行的目的，是为上海的住房改革寻到一条破题之道。

朱镕基针对上海的住房制度改革说："新加坡的公积金制度，可以借鉴。"

在当年，朱镕基要求有关部门参照新加坡的经验研究设计住房公积金制度。

1991年2月，上海市就在全国率先推出《住房制度改革实施方案》，出台了建立住房公积金制度，全面推行公房出售，给购买公房的市民以私有产权等五项措施。其中包括对全市人均居住面积2.5平方米以下的特困户进行调查登记，并逐一立卡。

　　5月，公积金制度被写入上海市住房改革方案，上海市解困办决定掀起第二轮解困高潮。

国务院提出租售建并举方针

1991年6月,国务院发出了《关于积极稳妥地推进城镇住房制度改革的通知》,提出分步提租、交纳租赁保证金、新房新制度、集资合作建房、出售公房等多种形式推进房改的思路。

1991年10月,全国第二次房改工作会议召开,确定了租、售、建并举,以提租为重点,"多提少补"或"小步提租不补贴"的租金改革原则。基本思路是通过提高租金,促进售房,回收资金,促进建房,形成住宅建设、流通的良性循环。

时任国务院总理的李鹏在座谈时指出:

应改变居民住房机制,在社会主义有计划商品经济原则基础上逐步实现住房商品化。房改工作贵在起步,坚持下去,必见成效。

与此同时,国务院副总理邹家华也作了重要讲话。由此,房改又进入了一个新的发展阶段。

这个阶段房改的主要内容是出售公房,房改工作从少数试点城市扩展到全国。

北京的老张谈了当时他们家的买房经历。

1989年的5月11日,老张全家第一次去方庄看房,那个时候老张刚读高二。

他的父母在外交部工作,80年代落实政策时,一家人都回到北京,住在北京饭店附近的一间房子里。

也正是如此,当1989年在外交部工作的爸爸告诉他们外交部要在方庄给他们集资建房时,一家人兴奋不已。第二天,父亲就带着他们姐弟亲临现场"看房"。

谈到当时的情景,老张依然非常激动,他回忆道:

> 那个时候,方庄是郊区,几乎没有路。我们坐车到木樨园附近后,就没有车了。我们就顺着木樨园桥的凹槽走着去方庄,我们提着当时最流行的双喇叭录音机,一路上放着歌。走了半天,说是看房,其实什么也看不到,房子还没有出地基。到处都是工地,还有没有搬迁完的村子,远处还有稻田。我们也不知道我们的房子要盖在哪儿,但我们知道,我们要在这儿住上楼房,一家人望了望远处的土堆,觉得幸福在望。

查阅当时的资料,除了老张爸爸所在的外交部开始在方庄成片兴建公寓外,其他很多国家机关或者企业开始整栋购买城市开发集团或者城建集团盖的楼,一批批像老张这样的家庭,在1989年前后都有了新盼头,即单位要集资分房。

　　老张全家再去方庄的时候，已经是1991年的12月拿到新房钥匙的时候了。

　　老张回忆说：

　　　　我成了同学们羡慕的对象，我自己也特别高兴，那个时候啊，能住上高层的塔楼，大家觉得就是比住南北向的老式板楼要好。觉得太好了，竟然有16平方米大的客厅、双阳台。你知道吗？那时候，北京人就是住楼房住的也都是那种没有客厅、只有过道的老房子。

老张至今记得他们家新房的模样，他回忆道：

　　　　80多平方米的三居室，相当于现在的"初装修"的精装修，除了楼底下的绿地、车位，就是屋里让人耳目一新的客厅和双阳台，以及宽敞的厨房和卫生间。厨房和卫生间大概都是四五平方米，但已经觉得相当的大了。那个时候还没有"橱柜"这一说，厨房的台面是水泥做的，但是顶上有吊柜，非常实用；卧室不大，但也装修了壁柜，壁柜的颜色和材料很简陋，但在当时觉得很洋气。

1992年的春节，老张一家便赶紧搬进了新房，成了第一批入住方庄的居民。两年后，方庄的商品房火了，芳城园当时每平方米6000多元，和亚运村差不多，当时有一个在房地产业界流传的说法就是"南方庄，北亚运"。

大学毕业工作并结婚的老张，虽然与福利分房擦身而过，但却幸运地搭上了首批经济适用住房的便车。

1998年7月，国务院下发《关于进一步深化城镇住房制度改革加快住房建设的通知》，在这份中国房改的标志性文件中，明确提出要停止住房实物分配。

在中国沿袭了约40年的福利分房制度寿终正寝，中国房改向着市场化的方向迈进。而这一纸文件，也结束了包括老张在内的很多人福利分房的指望。

事实上在1998年7月以后，很多单位并没有立马终止福利分房，而是开始突击建房分房，赶搭福利分房的末班车。

正是如此，他们也一直游移在分房还是买房之间。直到2000年春节，老张和爱人准备要孩子后，不想再住在父母家，买房成了他们俩的首要目标。老张回忆道：

当时不像现在这样，网络这么发达，可以上网查询购房信息什么的，当时能看的只有《北京青年报》《晚报》几家报纸的广告。

2000年的五一，老张花了3天的时间看了这几个项目，最后确定买交通和地理位置离方庄父母家便利一点的通惠家园。

因为通惠家园为北京第一批经济适用住房项目，当时的经济适用住房政策不仅旨在解决中低收入家庭的住房问题，还兼有鼓励居民购房、拉动内需的性质。因此，老张买房很顺利，101平方米的三居室花了不到3万元的首付，就签订了购房合同。

2001年，老张家的孩子出生3个月后，老张一家三口搬到了通惠家园，开始了自己的小家庭生活。搬家前还有一个小插曲，老张现在仍记忆犹新，他说：

因为入住的时候，通惠家园原本承诺要建的地铁和小区间的一个天桥没有修好，很多业主还组织了维权，这可能算是北京楼市第一批维权的业主。

而此时的北京，商品房已经遍地开花，用当时业内人士的话形容，"三天一个新楼盘"，房价也开始上涨。而政府在1998年推出的首批19个包括天通苑、回龙观在内的经济适用住房项目，让很多类似老张这样的人都圆了住房梦。

和很多家庭一样，让老张考虑住房"换房升级"的初衷，是为了能和日益年迈的父母同住以及为孩子找一个好的就读学校。

2005年8月底,当这两个问题都放到老张面前的时候,老张开始考虑再次买房,买一套"大的、好的"商品房。这次购房,和第一次买房不同,老张要考虑的不仅是价钱,还有地理位置。他继续回忆道:

> 当时的北京房价均价已经上涨到了每平方米6000元。为了照顾父母在方庄居住多年的习惯,我划定的买房区域就是以方庄为中心、方圆3公里的区域内。这个区域可看的楼盘并不多,记得当时在卖的楼盘有时代绿荫、紫芳馨园等。时代绿荫,虽然价位低,但是因为是塔楼,我不考虑——现在,和我家最早住到方庄的时候相比,人们的居住理念又回到了还是南北通透的多层板楼舒适这个上面去了。

最后通过比较,老张买下了每平方米6400多元的左安漪园,选择它是出于综合因素考虑,即离龙潭湖公园近,离方庄近,而且还在好学校比较多的崇文区,便于孩子将来在崇文区就近上学。

上海推出公积金等办法

1991年3月10日，上海市政府印发《上海市住房制度改革实施方案》，提出推行公积金、提租发补贴、配房买债券、买房给优惠、建立住房委员会等办法，并于5月1日正式实施。

其主要的措施是：

1. 推行公积金。1991年度，职工个人和单位公积金缴交率均为基本工资的5%。

2. 提租发补贴。全市直管和自管公房的租金，一律按《上海市住房收费暂行标准》提高1倍。

3. 配房买债券。

4. 买房给优惠。要求各单位将新的房源先售后分，出售的比例不低于当年总分配量的20%。

5. 建立房委会。

杨希鸿是上海华光仪器仪表厂职工，她回忆起自己的买房经历时说道：

我们一家三口最早住在余杭路上，居住面积大概13平方米，按我的住房条件，在当时的情况下，并不算困难户。但看到19岁的女儿每天在13平方米房子的阁楼爬上爬下，我心里很不是滋味，从那时起，我改善住房条件的欲望愈发强烈起来，产生了买房的念头。

1991年10月，杨希鸿夫妇购置了一套位于虹口区东体育会路的建筑面积为53.36平方米的两居室，并预付了4.51万元的房款。杨希鸿回忆说：

《上海市住房制度改革实施方案》发布后，我们夫妇俩便去当时位于吴江路上的建行上海分行房地产信贷部咨询，还在当时的中国人民建设银行虹口支行备了案。

1992年5月5日上午，杨希鸿在建行上海市分行房地产信贷部"0001号"的"职工住房抵押借款合同"上签下了自己的名字，她许久的住房梦想，终于在那一刻圆了起来。杨希鸿至今仍保存着这份编号为0001号的借款合同书。合同书上写明，杨希鸿向住房公积金中心贷了8万元分期偿还的贷款。

杨希鸿无意间成为上海乃至全中国个人公积金贷款的第一人。1992年5月8日，穿着灰色毛衣，烫着卷发的杨希鸿出现在中央电视台的新闻联播里。

上海建立的住房公积金制度，为解决房改中的资金难题提供了一条可行的出路。

同年，中国房改全面启动。

上海华新包装机械厂职工姚振祥，原来一家三代5口人挤在旧里弄一间只有10.7平方米的小房间里，人均仅2.14平方米。企业经济效益不佳，靠单位无偿分房解困遥遥无期，于是，姚振祥考虑起有偿解困这条新途径。在各方支持下，全家月收入2500元左右的姚家，很快就买下了市解困办提供的一套建筑面积65.83平方米的两室一厅的产权房。

上海市解困办提供的房子优惠售价每平方米1600元，而同样的房子市场价为每平方米2300元。

在购房款中，政府无偿补贴了1.2万余元，单位支持了6000元，姚家申请住房公积金贷款7.5万元，自己再拿出一部分积蓄。姚振祥由衷地说："这种有偿解困的方式让我们全家不必再为房子求人了！"

姚家这种解困方式代表了未来上海住房解困的方向。1993年底，全市31808户人均居住面积2.5平方米以下的特困户全部得以解困，其中8567户解困后人均居住面积超过了6平方米。

新颁布的上海《新的住房解困方式实施方案》与以往相比有三个明显改变：变无偿解困为有偿解困，变单纯行政解困为社会多元化解困，变统一政策的解困为对不同收入类型的对象实施不同政策解困。

根据这一方案，政府对不同收入层次的住房困难户承担有区别的解困责任。高收入家庭通过商品房市场解困，中等收入家庭购买给予一定优惠的平价房解困，低收入家庭则通过购买政府补贴的廉价低标准住房或租房解困。

对此，上海市副市长夏克强表示：

> 对于部分住房困难、企业效益差、家庭收入低的"三困"对象，政府仍将继续通过无偿解困的方式解决其居住问题，而对有经济能力的住房困难户，应该通过政府补贴一点、企业资助一点、个人拿出一点、公积金贷款一点，这种多元化有偿解困的方式来解决。

《上海市住房制度改革实施方案》实施后，当年第一次提高了公有住房租金标准，全市98%以上的职工和企业缴有公积金。

通过几年的努力，全市居住房屋面积从1979年底的4216.4万平方米增加到1990年底的8901万平方米，其中系统公房的居住房屋面积从196.9万平方米猛增到1144万平方米。

当时上海市房改办先后接待了江苏、山东等省市代表团21批。此后各地推出的房改方案，不同程度地吸收了上海的经验。

中央确定"出售公房为重点"思路

1993年11月,国务院房改领导小组召开了第三次房改工作会议,改变了第二次房改会议确定的思路,代之"以出售公房为重点,售、租、建并举"的新方案。

时任国家经济体制改革委员会主任的李铁映讲:

十三年来房改取得了重大进展,同时也面临着一些突出问题。主要是住房商品化、社会化步子不够快,不能适应转换国有企业经营机制的需要,不能适应加快建立社会主义市场经济体制的要求,更不能适应人民生活水平不断提高对改善住房条件的要求……从近些年的实践看,提租面临很多困难。

1993年,26岁的刘思雨回到北京,他到南方去闯荡一番后,手头总算有了些积蓄,女朋友也交往了一段时间,该考虑结婚了。但到哪里买房子结婚成了他最头疼的事。

当时"体制内"的职工都是等单位分房,很少有人操心将来住在哪里,而少数下海经商的"体制外"人员则面临着"无房可分、无房可买"的局面。

刘思雨的父母很着急,他们开始四处打听如何解决。打听的结果是只有两条路解决住房问题,一是有少量专门卖给外国人住的外销房,但对身份有限制,价格也很高,这条路子看来是没有希望了。

刘思雨能买的另一种房子是,房改政策允许国有企业筹措资金,集资建房,价格比较便宜,但是只能卖给内部的职工,眼看这条路子也走不通了。

当刘思雨父母还在四处打听如何解决住房时,刘思雨几个要好的朋友向他透露了一个秘密:国企的房子可以通过关系买到,因为当时没有银行按揭贷款,内部有不少职工通过各种渠道凑钱购买。不少人积蓄不够,也凑不到钱,就没有办法买房子了。

一些单位也希望房子能够顺利地交易出去,这样私下可以顶替别人的名额去买内部房。

看来这条渠道可行,于是刘思雨父母就开始四处打听,几乎动用了所有的关系,在后来大兴黄村的滨河东里小区找到了这样的房子。

通过关系确认可以成交时,父母才如释重负。刘思雨回忆说:

> 当时这个小区内顶替内部职工买房的人还不少,现在看来是属于钻空子、托关系办事,是不规范的操作,但当时的情形下,确实是个万不得已的办法。

当时这个小区的房子价格大约是每平方米1100元，是水泥的六层板楼，那时各个区县都有这样的房子，此前国企分配的房子还是以红砖的偏多，这算是第一次告别红砖结构的住宅了，当时就觉得挺赶时髦的。

80多平方米的两居室总房款花了10万元，刘思雨父母非常心疼，责怪他脱离体制，不务正业了。可能是买房的事折腾了很久，也可能是远在大兴，位置也不算太好，他不太满意，入住后，刘思雨完全没有住新家的兴奋劲，也没有请人到家里"暖房"。

不过有了新房，终于可以结婚了，很长一段时间他都觉得自己亲手装修的房子还是比较温馨的。到1995年初，刘思雨28岁时，终于在他的第一套浪漫小屋里迎娶了他的新娘。

1993年，河南洛阳的裴女士刚参加工作，和另一人同住一间10平方米的小屋，一层楼有10来个这样的房间，只有一个卫生间和一个水龙头，爱干净的裴女士只好等到夜深人静的时候才洗衣服。

拥有一套自己的住房，那时她连想都不敢想。

1997年，刚刚组建家庭的裴女士和丈夫赶上了房改的末班车，他们东拼西凑了两万多元，在西苑桥附近买到了一套87平方米的房改房。

可是拥有了新家的幸福很快就被一系列的烦恼冲淡：

周围十分荒凉，草长得一人高，甚至经常有人在那里撵兔子；离单位也远，她每天往返 4 趟，竟要骑 60 多公里的自行车。

1999 年，她搬到了单位位于唐宫路上的家属院，房子面积大了，离单位也近了许多，但因为住在顶层又是"西晒房"，夏天就像住进了烤箱，而冬天水管经常被冻住。

裴女士家住房真正"升级"还是在 2006 年，那一年她家住上了商品房。裴女士回忆道：

> 一切都比以前好多了，关键是买商品房地段、户型、楼层都是自己挑的。出了小区大门，走十几米就是洛浦公园，我每天都去那里跑步。

后来，裴女士虽然对房子很满意，可她已经有了"新动作"，她在洛阳新区买的新房第二年 5 月就可交付使用了。

裴女士谈到自己的新房，由衷地赞叹，她说："四室二厅 180 平方米，22 楼，站在观景阳台上，几公里的洛河尽收眼底，视野开阔极了！"

裴女士说，房改让她住上了属于自己的房子，购买商品房让她拥有了真正想要的住房，生活由此充满美好的希望。

石家庄市房改研究会秘书长陈建忠是老"房改"了，

从最初的房改调查测算到之后政策的动员实施,陈建忠一直坚持下来。谈到石家庄的房改,他回忆说:

> 现在说石家庄的房改,可以说 20 年,也可以说是 22 年。20 世纪 80 年代左右,城市居民住房仍旧停留在"等、靠、要"旧有住房观念中,难以被打破。

1991 年,全国第二次住房制度改革工作会议召开,石家庄的房改工作也随之进入一个新阶段。

在全市范围内大面积推行公房出售,同时允许单位内部职工集资建房,其中,最核心的工作就是建立住房公积金制度。

1994 年 5 月,500 套解困房在石家庄销售一空,据说这一事件在当时被国家有关部委认为是可以推行安居工程的示范工程,全国各地的房改整体工作也陆续展开,一直持续到了 1998 年。当时售出的公房绝大部分集中在这一阶段。

从那以后,房改发展开始更有深度和力度,在建立新的住房体制上有所收获。

从 1998 年 12 月起,全省城镇停止住房实物分配,逐步实行住房分配货币化。住房分配货币化主要包括为职工建立住房公积金和建立经济适用住房等。

停止住房实物分配后,新购、新建住房原则上只售不租，不再享受原政策优惠。同时，允许住房困难的企事业单位职工利用自有土地集资建房。

陈建忠继续回忆道：

> 现在我们可以说，在省会已有的住房中，90%以上都是属于个人产权的房产。通过20多年的努力，多层次的住房供应体系开始建立，居民的住房渠道得以拓宽。可以说，房改已经取得了多方面的突破性进展。

说到房改的具体过程，陈建忠说道：

> 我市最初的住房制度改革工作是从1985年在小范围内的调查测算开始，而真正意义上的大范围铺开则可以追溯到1987年。

最初的房改调查测算，当时的房改办公室共调查了1436个单位，19.7441万户城市居民，涉及职工范围达61万人之众，为今后的政策实施以及工作的开展积累了大量的调查依据。直到1989年，随着《石家庄市向职工出售公产住房试行办法》最终出台，不通过住房改革，推进住房的体制化进程，将逐渐走向死胡同的说法渐渐被各个专家提出并被政府认可。

1998年9月，省政府下发了《关于深化城镇住房制度改革加快住房建设的通知》。其中要求，所有行政机关、企事业单位，必须建立住房公积金制度。

到2000年，单位住房公积金缴存比例提高到上年度职工工资总额的8%至15%，职工个人住房公积金缴交比例提高到6%至8%。

仅2003年7月以来，就向职工发放公积金个人贷款14.44亿元。

三、深化改革

- 朱镕基表示：公积金的使用和管理是房改的中心环节，关系到整个房改工作的成败。如果公积金使用管理得不好，到处挪用，甚至把公积金都赔了，那么职工就不会缴公积金。

- 朱镕基宣布：整个房改方案已酝酿了三年多。我们准备今年下半年出台新的政策，停止福利分房，住房分配一律改为商品化。

- 温家宝强调：建立新的城镇住房供应体系，重点是大力发展经济适用住房。

国家安居工程正式启动

1994年7月18日,国务院下发了《关于深化城镇住房制度改革的决定》,房改加入了建立住房公积金、开展国家安居工程等新内容。

"决定"基本内容为:

把住房建设投资由国家、单位统包的体制改变为国家、单位、个人三者合理负担的体制。

把各单位建设、分配、维修、管理住房的体制改变为社会化、专业化运行的体制。

把住房实物福利分配的方式改变为以按劳分配为主的货币工资分配方式。

建立以中低收入家庭为对象、具有社会保障性质的经济适用住房供应体系和以高收入家庭为对象的商品房供应体系。

建立住房公积金制度。

发展住房金融和住房保险,建立政策性和商业性并存的住房信贷体系。

建立规范化的房地产交易市场和发展社会化的房屋维修、管理市场,逐步实现住房资金投入产出的良性循环,促进房地产业和相关产业的发展。

11月,财政部、国务院住房制度改革领导小组、中国人民银行联合下发了《建立住房公积金制度的暂行规定》,标志着我国住房公积金制度的建立。

洛阳市涧西区于宝兰家的住房"升级"经历和千千万万普通市民一样,是洛阳市住房改革的一个缩影。说起房子的话题,于宝兰感慨万千,她回忆道:

> 我们一家人都在一拖集团上班,1982年谈对象时,男方家里6口人住在厂里的"多家灶":3家共用一个厨房、一个卫生间。领了结婚证,房子成了最迫切的问题,我只好向单位借了一间12平方米的房子。一层楼有30多家住户,共用卫生间和水管,家家户户在暗而幽深的楼道里做饭。就这房子,后来单位还催还,我只好又四处觅房。那时候我已经怀孕7个月,到处找不到房,单位最终又让我住了进去。虽然一个月要交3块钱房租,但总算有个家了!

1987年,于宝兰终于分到了"单门独灶"的33平方米的房,还有独立的厨房和卫生间。可是这套房子面积小,布局也很不合理,进门就是厨房,旁边隔出来一个卫生间,剩下的就是一间卧室了。

1994 年，是于宝兰最难忘的一年，她激动地回忆说：

那可是真正的一室一厅啊！虽然只有 42 平方米，可是一家人住着已经很满意了。很快，我们赶上了一拖集团房改，原价 540 块钱一平方米，折合后我们每平方米只用掏 250 块钱，于是 1 万多块钱就买了下来。先是拿到了 80% 产权，后来又补交了 20% 的钱，这套房子就真正属于我们了。

1995 年 2 月 18 日，国务院把洛阳列为国家"安居工程"首批 59 个试点城市之一。

已经 70 多岁的李晓冬老人一边织着毛衣，一边回忆着当时的情景，她说道：

我们这房子的钥匙可是当年市长亲手交到我手上的，那一年，我老伴寇双魁已经快 80 岁了，4 个儿女成家另住，我们老两口住在市聋哑学校 3 号楼 65 平方米的公房里。

李晓冬老人的老伴寇双魁接着回忆说：

1993 年之前，我们全家 6 口人住在老城区北大街一间 18 平方米的土坯瓦房里，屋外只有个两米多宽勉强能称为院子的过道,边上还垒了个鸡窝。

寇双魁说,夏天鸡窝上搭个铺盖,也能睡一个人。屋子里除了一个小柜子就剩两张床,晚上必须得撑起第三张床,一家人才能住下,俺那时做梦也不敢想能住上洋灰板房啊!

李晓冬老人回忆说:

> 那一年市里解决了36户像俺这样人家的住房困难户,有18户就住这栋楼。都腊月二十几了吧,我们就站在这楼下,张世军市长亲手把房子钥匙送到我们每户人的手里。房子里里外外都是新的,两间屋又大又亮,还有自来水,那个年过得甭提有多美了!

洛阳市住房改革委员会原副主任贾志挺谈到此事时,依然记忆犹新,他说:

> 寇双魁夫妇所住的是政府专门为住房特困户提供的廉租住房,这一制度到现在仍在实行,让那些买不起商品房和经济适用房的居民也能够居有其屋。

1995年1月1日，洛阳市政府下达《关于城镇住房制度改革的通知》，明确了房改的基本内容：

把住房建设投资由国家、单位统包的体制改变为国家、单位、个人三者合理负担的体制。

把各单位建设、分配、维修、管理住房的体制改变为社会化、专业化运行的体制。

把住房实物分配的方式改变为以按劳分配为主的货币分配方式。

这年12月，市政府又出台了《洛阳市出售公有住房暂行办法》等12个房改配套文件，洛阳市房改工作进入了综合改革、全面推进的新阶段。

一位市房改办当年的工作人员回忆道：

当时听说要房改，很多干了一辈子的老工人讲，怎么偏偏到了我们这儿房子就得掏钱买了？一些老干部对此也很不理解，房改工作面临重重阻力，人们在观念上接受还需要时间；房改不但涉及老百姓的利益调整，也涉及部门之间的利益调整，稍有不慎都可能会引发一系列的问题。

这一时期，洛阳市正从住房实物分配向住房市场化过渡，人们经历着从"要房时代"到"买房时代"的变迁。

孙元是地地道道的苏州人，他是与共和国同龄的人。在孙元看来，苏州的房改是在一次次变化中水到渠成走过来的，恰似他这辈子的人生经历，孙元由衷感慨道：

> 每次换房，都是我人生的一个转折点，掐指一算，自己也吓一跳，算上正在装修即将搬进的别墅，居然要八次搬家了，八是个好兆头，就像这房子越住越漂亮。

1979年夏天，落实知青返城政策，孙元举家回城，乡下的瓦房以200元的价格卖给了当地的农民。回到运河边，孙元把平房扩成两间，还翻了一层楼房。

20世纪80年代，老孙家客厅里就挂上了卷轴画和对联，一张八仙桌，女儿一人一个房间，渐渐地家用电器都进了家门：孔雀电视机、白云泉洗衣机、骆驼电风扇、常熟白雪电冰箱……

1990年，女儿考上了市十中，孙元全家搬进了单位分配的南环的一栋集体公寓的二楼，40平方米的两室户临时过渡，这回住进了集体公寓。老孙对当年那套40平方米的房子印象深刻，他回忆道：

> 当时的集体楼常常是一条楼道三四户人家，

南北是不通透的，所以客厅是暗的，白天要开灯，卫生间也是简易的，只有一个洗水池和抽水马桶，洗澡还得上澡堂。不过煤气罐自来水都有，生活很便当了。公寓房是典型的麻雀虽小，五脏俱全，客厅、厨房、卫生间面面俱到。当时还交起了房租，租金很便宜，一个月六七元钱，几乎是集体的福利。

集体公寓还有一大好处是邻里关系特别融洽，都是一个单位的职工，经常串门，孩子们也交了不少朋友。公寓房的周边配套也齐全，50米一个小学校，30米一个幼儿园，60米一个公园，傍晚的时候，公寓楼里的居民都会到楼下散步乘凉，也挺热闹。那时候，楼上楼下经常串门，隔壁人家夫妻吵架，还会热心去劝，没事的时候，几家人就凑在一起打牌，公寓的门经常是不关的。

1993年和1994年，国家住房制度改革实施后，房改房这个称呼渐渐在孙元耳边飘过，在伸长脖子等待了好几年后，1997年，房改房真的来到了身边，孙元分到了一套78平方米的三室一厅。孙元回忆道：

这是我第一次拿到产权证，在花了一万八千元后。以这个价格买下单位的福利房，现在看来简直是捡了个大便宜，可当时还有点不情愿，凭啥要自己掏钱买啊，以前都是国家给的，大不了自己盖。为这事我还被周围同事洗了一番脑，毕竟是第一次掏自己的钱买房子，不习惯啊。还好有个产权证心里舒服点，也是在这一年，运河边的祖屋因为河道拓宽而被拆迁。

有了产权的房子，是自己的，当然要好好装修，我找来了工程队，自己画好图纸，精心装修了一番，墙上墙纸，地上地砖，房间里地板，还添了不少家具，为了子女安心参加高考，我还装上了空调。当时特别流行装修，楼上楼下互相参观取经，这么仔细琢磨装修，还是第一次。装修好串门炫耀，也是当时搬家的一大快乐。

两年后，商品房正式走入市民生活，习惯了掏钱买房子的孙元，这回果断出手，买了附近一套三室两厅的房子，共100平方米，总价13万。南北通透，采光充足，客厅和餐厅分开，卫生间也被隔成了干湿两用的区间，老孙有了单独的自行车库，管道煤气也装进了家里。

最让老孙满意的是，小区有了外围墙和院子，有保安和门卫，觉着特别安全，那时候家家户户都装起了防盗窗，住得安全非常重要。

因为是商品房，门一关，大家都不知道隔壁住的是谁，邻里也不走动了。

"原以为这样一套公寓我可以住到老了。"当时已50开外的老孙，对这套明亮的公寓已经知足了。

没想到，跨过2000年后，房价上涨的速度飞快，老孙这套房子也有50万元的身价了，儿子工作成家，原先那套78平方米的房改房，派上了用场，儿子添丁，要把父母接到一起住，索性换大点，看中城南一套花园别墅，以100多万的价格，按揭贷款买了下来。房改房也打算出手卖掉，中介说，卖个40万不成问题。"这张产权证是花2万元买来的。"老孙没想到房子身价涨那么快。

别墅门前还有一条河，就为这水景价钱就贵不少，门前一个院子专门找做园林的人设计了，放上假山，凿个池塘养鱼，还有鹅卵石小道。

"退休了，种花养鱼，享享天伦之乐，这样的独院生活这样的房价，以前想都不敢想，现在应该可以安度晚年了。"老孙憧憬着他的第八次搬家。

召开全国房改交流会

1995 年 12 月 15 日，时任国务院副总理的朱镕基在全国房改经验交流会代表座谈时表示：

我认为公积金的使用和管理是房改的中心环节，关系到整个房改工作的成败。如果公积金使用管理得不好，到处挪用，甚至把公积金都赔了，那么职工就不会缴公积金。

如果公积金的管理没有一套非常完善的制度，非常严密的监督，非常成功的运营，房改工作就搞不好。这次会议之后要大力推进房改，首先就要抓住住房公积金的使用和管理。

各个部门不要扯皮，要按照这次会议确定的基本原则，同心协力，把这项工作搞好。在住房公积金使用和管理方面，大家可以参考上海的经验。不是因为我当过上海市长，参与过这项工作，而是因为上海的经验是成功的。

两年以前还不敢这样讲，我在上海只是建立了公积金制度，对公积金的使用和管理能否取得成功，当时心里还没底，因为没有经过实践的检验。

现在实践证明是成功的。不是说各地都要照搬上海模式，但上海的基本经验可以借鉴。

1996年，国务院住房制度改革领导小组制定了住房制度改革工作要点：

全面建立住房公积金制度，规范住房资金的管理，积极推进租金改革，稳步出售公有住房，完善政策衔接，搞好国家安居工程，加快经济适用住房建设。

从1996年开始，要逐步推行按收入线解决住房问题的办法，集中财力做好低收入家庭的住房保障。特别是国家安居工程住房与各地的经济适用住房必须实施按收入线分配的政策，并逐步发展到现有公房的出售、出租中去。

各地要根据住房价格和职工收入状况，在1996年制订并出台划分家庭收入线办法。认真抓好三大系统、三个直辖市及35个大中城市的房改带头作用。推动住房制度改革在企业和小城镇的深化工作。

建设部印发了《2000年小康型城市住宅示范小区规划设计导则》的通知，主要内容如下：

各省、自治区、直辖市、计划单列市建委（建设厅）、科委：

　　各地应根据《导则》所规定的内容和原则，结合本地区的实际情况和条件，制定本地区的《城市小康住宅示范小区规划设计规则》以具体指导本地区城市小康住宅示范小区的规划设计，并报建设部科技司备案。

包建华早在1984年房改起步之时，就是福建省建委房管处副处长，1999年退休后，又在省房地产协会副会长之职工作了9年，对福建省的房改和地产发展进程记忆犹新。

包建华对30年前的住房状况娓娓道来：

　　1980年以前，我省的公房都没有出售，也不存在着"房价"，当时国家实行的是公有住房实物分配制度，干部职工都是靠单位福利分房和公房实物分配来解决住房问题。

在包建华的记忆里，国家层面的房改，始于邓小平在1978年和1980年的两次重要讲话。

1980年6月，我国正式允许实行住房商品化政策，自此揭开了城镇住房制度改革的序幕。福建省的房改始于1980年，省里提出了一系列的探索城镇公有住房改革思路。回忆当时的情景，包建华说道：

坐等分房，那是计划经济的观念，不改革怎么行？我省房改步伐走在全国的前列，当时的房管处工作重点是按省里布置，研讨各地试点后的经验和问题，并拟定房改政策、方案。直至20世纪80年代后期和90年代中期，我省的土地实行有偿出让，以国企和外商为主的开发商全面介入旧城改造和地产开发后，老百姓看到了实实在在的商品房，人们依赖公房的传统观念才得以破除。但是，当时在国家层面的政策并未全面叫停。福利分房时，我省商品房开发量仍然有限，购房户仍以侨胞和商人为主，其间又遭遇两次全国性的通货膨胀，地产行业陷入了沉寂期，老百姓买商品房的热情和数量极为有限，单位的集资建房仍存在。"从忧居到有居再到优居"，当然是房改的功劳。

1998年7月份被喻为中国房改的"春天"。经过近20年的试点和经验摸索后，国务院发出《关于进一步深化城镇住房制度改革加快住房建设的通知》，从1998年下半年开始，全国停止住房实物分配而改为货币化分配，同时全面推行住房公积金制度。

包建华回忆道：

我省发文规定，1998年12月1日起，一律停止住房实物分配，这条政策卡死了人们依赖福利分房的退路，从此房地产进入了十年的"黄金期"。

1999年2月，按揭购房兴起。我省"贷款买房"业务顺利开展。至2000年，全省90%以上的公有住房已悉数向单位职工出售。

2001年起，我省出台了一揽子的针对房地产市场的政策，并全面放开住房二级市场，加快经适房和廉租房建设，加强住房公积金管理，以促进民众住房消费，进一步激活了房地产市场。从等着分房到自己选房、挑房，居住条件有飞跃提升。

召开全国城镇房改会议

1997年1月23日至25日,全国城镇住房制度改革工作会议在成都召开。

国务院副总理朱镕基在会上强调:

要从根本上解决我国城市居民的住房问题,必须坚持推行和完善住房公积金制度,采取相应的配套政策措施,引导并实行住房商品化。实践证明,这是解决我国住房问题的主要道路。经济适用住房的建设,将是长期带动国民经济发展的新的经济增长点。

通过各种措施,努力把经济适用住房的售价降低到每平方米1000元左右,使住房的售价与中低收入职工家庭承受能力相适应。同时银行要向经济适用住房用户提供抵押贷款和分期付款服务以引导居民住房消费。

国务委员、国务院房改领导小组组长李铁映在会上也说:

当前,要继续在全国推行公积金制度,同

时抓好住房公积金管理的法制化、规范化，建立和完善住房公积金的监督、管理制度；加快住房分配制度改革，有计划、有步骤地取消住房福利分配制度；积极稳妥地推进租金改革和公有住房出售，研究制订公房售后的再交易政策；发展政策性住房金融；加大国家安居工程实施力度。

大会表彰了全国房改先进城市和单位，上海、深圳、成都等27个城市，淮海水泥厂等3个单位荣获"全国房改先进城市（单位）"的奖牌。

王明浩是原天津市建委规划处处长，他亲眼见证并亲身经历了改革开放后天津市住房建设的巨大变迁。据他回忆：

> 1978年改革开放正是地震之后，当时天津市真是满目疮痍啊。到处是临建棚，那个时候人均住房面积3.4，换算成建筑面积也就是7平方米左右。现在，从7平方米到去年年底统计的是27平方米。从这个宏观的数据上就能看出天津市的老百姓住房水平提高幅度之大了。

地震之后，市委、市政府立即决定，马上在城市周边征地盖房。当时政府征了一万亩土地，大伙当时都不敢想象，征这么多地干什么呢？那个时候就建设了小海地、丁字沽、真理道、天托南、体院北。完工以后，一面抓新区建设，一面抓旧城改造。

王明浩回忆道：

1986年，政府迅速制定了"三级跳坑改造工程"的计划，而且是说干就干。1994年3月，天津市召开了十二届人大二次会议，确定把力争用5到7年的时间基本完成市区成片危陋平房改造的任务列入三、五、八、十四大阶段性奋斗目标之一，大规模危陋平房改造从此拉开了帷幕。

同年7月，国务院颁布了《关于深化城镇住房制度改革的决定》，住房制度改革初步启动，这就使得天津当年的这次平房改造和之前的"三级跳坑改造"有了本质的不同。这就是住房制度改革，就是说原来全部是政府拿钱，现在改成了市场运作。就是给老百姓拆迁费，然后由开发商来盖房子，最后大伙再买房子。原来是拆旧房给新房，现在是拆房子给钱，然后根据个人经济能力买自己需要的房子，钱不够自己补一点，这样住起来的房子，更符合个人需要。

如果说1994年7月"房改政策"的颁布在全国范围内确立了住房社会化、商品化的改革方向，那么，1998年7月颁布的《国务院关于进一步深化城镇住房制度改革加快住房建设的通知》，则彻底停止了福利分房，并且在建立市场化住房体制的同时，还提出了把住房产业培育成经济支柱产业的战略部署。

事实上，房改"改"出的绝不只是一条政策而已。王明浩说：

> 房改之前，因为是福利分房，所以住房面积普遍比较小，因为那时候主要解决的是居住的问题。在房改以前，面积是有规定有控制的，平均面积最多也就是50平方米。
>
> 一个是面积控制还有一个是造价控制，为什么呢，因为当初是计划经济。房改之后，这个就放开了。有人说，房改政策不仅仅被视为推动中国经济发展的一个火车头，更从心理上割裂了人们对计划经济时代的依赖。
>
> 房改之后，人们走出了低矮的小平房，跨出了狭窄的胡同，胸襟变阔了，心情也更加开朗了。其实，住房面积上的放开也仅仅是住房变迁中的一方面变化而已。
>
> 细心的朋友不难发现，原来一提房子，对房型的描述大多是"独单""偏单""独厨"

等。而现如今，我们在买房的时候已经听不到那样的描述了，取而代之的是"H"户型、"E"户型等等这些户型结构的专业术语，很多人一听也就能明白是怎么回事了。但是这些名词，如果是在十几年前说起来，那恐怕就没有多少人能听明白了。

谈起自己买房的经历，北京机关干部晓南回忆道：

1988年，我家和另外两户人家总共十来口人还挤在一间60平方米的小三居里，因为是共用厨房、卫生间，每天早上洗漱时常会发现前面还有10多号人排着队。

我家1984年就分上房了，听老人家说，那时候更多的小青年结婚后还住在各自的单身宿舍呢，绝大多数人还都是"等、靠、要"——等国家建房、靠组织分房、要单位给房，还好，1988年房改开始了，但在很长的时间里买房对于大多数人来说还是个新鲜词。

1997年，我参加工作，正赶上房改进一步深入，1998年国家全面取消了住房实物分配。房改之后实行住房分配货币化，虽然没有房分了，我却有了更多选择。先是可供选择的房子多了，后是能借的钱多了。银行有了个人住房

抵押贷款业务，我才有能力买房。1999 年，我在银行做了 30 年 20% 首付的住房按揭贷款，用 15 万元在北京南三环买了两套均价每平方米 4000 元的商品房。

2004 年，晓南的房子涨到每平方米 6500 元，她索性把大房子卖掉，除去需要还清的贷款，自己还挣了 30 多万。随后不久，晓南又在东三环选中了一套 140 平方米的公寓，挣来的钱刚好付了 30% 的首付。

晓南尽管没有赶上福利分房，却有了更多选择，不到 30 岁，她就拥有了自己理想的住房。

朱镕基宣布住房商品化

1998年3月,国务院总理朱镕基步入中外记者招待会会场,热烈的掌声随之响起来。

当有记者问及住房制度的改革时,朱镕基作了如下答复:

住房的建设将要成为中国经济新的增长点,但是我们必须把现行的福利分房政策改为货币化、商品化的住房改革,让人民群众自己买房子。

紧接着,朱镕基宣布:

整个房改方案已酝酿了三年多。我们准备今年下半年出台新的政策,停止福利分房,住房分配一律改为商品化。

朱镕基的话,宣布了"福利分房"时代的终结。从此,中国的住房分配,完全走上了商品化的道路。

1998年,成为中国房改进入实质性阶段的一年。7月3日,《国务院关于进一步深化城镇住房制度改革加快住房建设的通知》发布，进一步确定了深化城镇住房制度改革的目标是：

> 停止住房实物分配，逐步实行住房分配货币化；建立和完善以经济适用住房为主的多层次城镇住房供应体系；发展住房金融，培育和规范住房交易市场。同时决定，1998年下半年开始停止住房实物分配，逐步实行住房分配货币化。

至此，我国已实行了近40年的住房实物分配制度从政策上退出了历史舞台，宣告了福利分房制度的终结和新的住房制度的开始。

1998年6月，在全国城镇住房制度改革和住房建设工作会议上，国务院副总理温家宝特别强调：

> 建立新的城镇住房供应体系，重点是大力发展经济适用住房。这既是这次房改的重要目的，也是房改是否成功的一个重要标志。中低收入家庭是当前城镇家庭的主体，发展经济适用住房可以满足他们的需求，是实现20世纪末人民生活达到小康的重要条件。

温家宝要求各级地方政府："要努力提高住房投资中

用于经济适用住房投资的比重，加快经济适用住房的开发和供应。"

那一年，北京市出台了《北京市进一步深化城镇住房制度改革加快住房建设实施方案》，至此北京市的福利分房制度逐步退出历史舞台。

1998 年，北京吴奶奶二女儿的孩子上了高中，由于孩子越来越大，让原本居住在一居室的二女儿明显感到不方便。

这时，二女儿有了买商品房的念头。但那时还没有个人住房贷款政策，老百姓购买商品房门槛很高，按照当时的房价，如果一次性付清买房，在铁路工作的二女儿和她在大学当老师的爱人有些承担不了。但这一年的 5 月和 7 月，接连出台的购房新政策给了二女儿一家买房的希望。

为支持市民购买自用普通住房，1998 年 5 月中国人民银行颁布了《个人住房贷款管理办法》。这是我国第一个关于个人住房贷款的相关政策。

政策的出台使大量的潜在购房需求释放，促成了大量商品房成交，奠定了京城房地产市场化的基础。

两个月之后，国务院颁布《关于进一步深化城镇住房制度改革加快住房建设的通知》。

吴奶奶的二女儿准备买房了，她回忆道：

经过与爱人的商量，我们自己凑齐了首付，

并贷款10万元，在北二环积水潭附近的一个小区买了一套商品房，三室一厅，整栋楼的设计是当时刚刚兴起的"蝶式"，一梯4户。

客厅较大，各房间采光都不错，这套房子也让我们一家成为当时北京第一批贷款购买商品房的家庭。由于第一次购买商品房，没有任何经验，只求面积够大，以解决儿子和客人来时没地方住的窘境。

等真正入住之后，我便发现这套房住起来也不太顺心——房子是大了，但没有阳台，想晒个被子、衣物什么的，还得抱着东西到楼下去晒。满足了基础生活需求，更高的住房需求接踵而来，随后的10年间，住得舒服、顺心成了我们首先要考虑的重要问题。

北京胡女士的月收入在5000元以上，是某外资通信网络公司的职员，1998年购买了回龙观一套90平方米的两居室。胡女士回忆说：

1998年经济适用房刚开始，很多人都是抱着观望的态度。因为当时手头的资金有限，只能买1平方米3000元以下的房子，转来转去，还是觉得回龙观的规划、沙盘和售楼员的感觉好，就排了个号。记得当时交完订金后拿的是

100多号，一期6000多套房子，这个号挺靠前的。我和老公回去琢磨了半天，担心这里今后的发展不会像售楼员描绘的那样美好，还担心经济适用房的质量。

没几天，我去售楼处把订金和号都退了。又过了几天，我到另外一个经济适用房看完后，感觉还不如回龙观的经济适用房。当从报上看到很多人在这个项目排队拿号，再加上婚期临近，小两口一商量，一咬牙一跺脚，决定赌一把。就这样，我和老公再次来到回龙观，重新排号，这次已经排到2000多号了。

2000年5月拿到钥匙时，小区的水、电、气都通了，一期大部分都是像我这样外地留京的大学生小两口，整体素质较高，总体感觉不错。从入住到现在，当年的承诺也一点一点地在实现，变化最大的就是交通的改善。现在，我觉得医院、餐饮和教育这三个方面显得美中不足，需要提高。

1998年12月，根据国务院《进一步深化房改加快住房建设的通知》，上海市第十一届人大七次常委会审议通过《关于进一步深化本市城镇住房制度改革的若干意见》，从总体上对进一步深化房改的指导思想、目标、原则、内容等一系列重大问题作了规定，包括以下几个方面：

1. 停止住房实物分配，逐步实行住房分配货币化。新建住房和腾空的可售公有住房原则上只售不租。凡未实行住房分配货币化的单位，1999年12月31日以前竣工交付使用的新建住房和腾空的可售公有住房，由职工按公有住房出售政策购买。

2. 住房分配货币化实行多种形式。

3. 根据职工的行政职务、专业技术职务、技术等级、工作年限、任职年限和现住房面积等因素，确定职工的住房面积控制标准和住房补贴标准。

4. 建立健全住房供应保障体系。最低收入家庭由政府和单位提供专门的公有住房，使他们租赁廉租屋；中低收入家庭可以购买经济适用房，也可以购买、租赁商品住房；高收入家庭应当购买、租赁商品住房。

1999年4月，成立了上海市廉租住房管理办公室，具体负责最低收入家庭廉租住房工作。2000年9月，《上海市城镇廉租住房试行办法》施行。

特别是国务院《关于深化住房制度改革的决定》下发后，上海不断巩固和完善住房公积金制度，组织了公有住房出售，适时推进租金调整，加快平价房和安居房建设。至1998年底，全市累计出售公有住房72.93万套，建筑面积3869万平方米，约占全市可出售公有住房的45%，上海居民住房自有率达到40%。

改革开放30年来，特别是1991年以来，上海的住房制度改革取得了巨大的成就。

房地产投资规模扩大，推进了城市建设稳步发展。1978年，上海市住宅投资仅为1.79亿元，至2007年底，全市住宅投资增长到853.13亿元。房地产开发投资，成为固定资产投资的重要组成部分和拉动经济增长不可或缺的力量。

广大居民居住条件大大改善。从房改方案实施到2006年的15年中，上海市共建成和销售住房2.3亿平方米，相当于1979年前30年建设住房面积总和近4000万平方米的近6倍。1978年全市人均居住面积仅为4.5平方米，2007年底已增加至16.5平方米，增长2倍多，居民住宅成套率达94.7%。

上海市初步建立了住房保障体系，改善了低收入家庭的居住条件。对"双困"家庭实施廉租住房政策，对公有住房承租家庭实施低租金和租金减免政策，对中低收入家庭实施购房贷款贴息等政策。

四、全面推进

- 建设部部长俞正声表示：我国将在坚持房改统一政策的指导下，采取因企制宜、方案自选、方式多样、民主决策的办法，稳步推进企业住房制度改革。

- 温家宝强调：加快经济适用住房建设，对改善居民消费结构，扩大住房消费，平抑房价，防止出现新的房地产过热，有重要作用。

全国停止住房实物分配

1999年2月，中国人民银行下发《关于开展个人消费信贷的指导意见》，其中说：

> 从1999年起，允许所有中资商业银行开办消费信贷业务。1999年各商业银行对住房消费贷款和汽车消费贷款的投入要高于1998年的投入比例。个人住房贷款可扩大到借款人自用和各类型住房贷款。
>
> 在严格防范信贷风险的基础上，各行可根据情况掌握条件，对购买住房、汽车的贷款的比例按不高于全部价款的80%掌握，具体贷款比例由各银行风险管理原则自行掌握。

同年8月，国务院关于《转发建设部等部门关于推进住宅产业现代化提高住宅质量若干意见的通知》的内容如下：

> 中国人民银行各分行，营业管理部；国有独资商业银行、其他商业银行（城市商业银行由人民银行分行转发）：

现将《关于开展个人消费信贷的指导意见》印发给你们，请认真贯彻落实。

扩大国内需求，开拓国内市场，是我国经济发展的基本立足点和长期战略方针。积极稳妥地扩大消费信贷，是金融系统贯彻中央经济工作会议精神，支持国民经济发展的重要措施。各有关商业银行要按照本"指导意见"，积极开展工作。各行要结合各自的实际情况，制定具体的实施办法，在确保切实防范金融风险的同时，有效扩大消费信贷规模。各行在执行本"指导意见"中遇到问题，要及时向人民银行报告。

中国人民银行
1999 年 2 月 23 日

1999 年 9 月 1 日，《北京市进一步深化城镇住房制度改革加快住房建设实施方案》发布。10 月 15 日全市房改工作会议，对"方案"的实施工作进行了全面部署。主要规定了以下政策内容：

从 1998 年底起，本市地方所属机关、企业、事业单位和社会团体停止住房实物分配，逐步实行住房分配货币化。停止住房实物分配后，新建经济适用住房和腾退的可售公有住房，除用于廉租住房外，原则上只售不租。在建立住房补贴制度、完善住房公积金制度和个人合理负担的基础上，由职工通过使用住房公积金、住房补贴和住房贷款购买住房。

北京的赵大爷退休前在化工总厂任工程师。说起改革开放给北京人住房带来的变化，亲身经历了这种翻天覆地变化的赵大爷话匣子一下子打开了。他开始讲述他的住房经历：

早在70年代，我一家祖孙三代8口，住在总共不到24平方米的两间平房里。那个年代提倡的是先生产，后生活，高积累，低消费，住房建设的速度远远跟不上城市人口增长的速度。后来儿子结婚，家里实在住不下，只好就在屋前搭了个小棚子，仅能放下一张双人床。还不如电视剧《贫嘴张大民的幸福生活》里张大民一家的居住条件。屋里基本上没有家具，换洗的衣服、被褥就放在几个纸箱子里。天气好，可以在外边做饭，遇到天阴下雨、下雪，只好把生好火的炉子搬进屋内做饭，房间充满了油烟。

那时期城镇居民解决住房停留在"等、靠、要"三个字上。等国家建房，靠组织分房，要单位给房。我们也是这样，期盼着单位分房能尽快轮上自己，而我所在的国营化工企业，不知有多少人在排队等房。

分房的情景，赵大爷至今记忆犹新：

只要有一点风吹草动，送礼、递条子的，等结婚娶媳妇的……房管科的门槛都被踩破了。其实等待分房对大多数人来说，是水中望月，大多数时候没有结果，可人们还是在天天盼，月月想，年年等。

赵大爷一家就在两间平房里住了20多年，80年代新住房时代开始了，一方面"福利房"仍占主导地位，另一方面原先分配的"福利房"以及各式各样的自建公房折价转卖给了使用者。

1989年，赵大爷将单位分给他的两间平房按其工龄，扣除房屋折旧，花了一万多买了下来。

1998年，以国务院《关于进一步深化城镇住房改革加快住房建设的通知》为标志，住房制度改革全面展开。住房实物分配被取消，实行住房分配货币化。许多人的住房轨迹就此发生了根本性的改变。赵大爷说：

2000年，我住的两间小平房遇到拆迁，得到 36 万拆迁款，五个子女又凑了 30 万，再加上多年的积蓄，花了 70 多万元，买下了现在这套南北通透的新楼房，实现了我多年住楼房的梦想。当我拿到红彤彤的房产本时，激动万分。我总以为自己这一辈子是无产阶级，没承想，老了，老了，又变成了有产阶级。

2000 年 2 月，建设部部长俞正声在国务院新闻办公室举行的新闻发布会上宣布：

住房实物分配在全国已经停止！

同年 4 月，俞正声正式宣布：

我国将在坚持房改统一政策的指导下，采取因企制宜、方案自选、方式多样、民主决策的办法，稳步推进企业住房制度改革。

2000 年 6 月，温家宝副总理就认真贯彻《住房公积金管理条例》，加强住房公积金管理作了重要批示：

加强住房公积金的管理，维护公积金所有者的合法权益，是促进城镇住房建设，推动房改顺利进行的重要措施。请建设部同财政部、人民银行、中编办等有关部门，针对存在的问题研究提出完善住房公积金管理体制和监督机制的具体办法，报国务院。

2000年7月19日，国家计委、建设部、财政部颁布了《关于积极稳妥地推进公有住房租金改革的意见》。

12月13日下午，温家宝在听取建设部工作汇报后又一次强调：

> 住房建设，有两点需要明确，一是以经济适用住房为重点的住宅建设的方针、政策不要轻易改变；二是经济适用住房建设也要按照市场经济规律来办。

他告诫建设部领导：

> 加快经济适用住房建设，对改善居民消费结构，扩大住房消费，平抑房价，防止出现新的房地产过热，有重要作用。

1986年，李桂玲全家第一次住进了楼房。此前，能住楼房一直是全家人的梦想，李桂玲说：

> 1992年，我的住房发生了很大变化，我们

全家人终于住进了真正的楼房，那是一个78平方米的三室住房，没有阳台，是四楼。得知要上楼了，那个兴奋劲就别提了。

从那楼房建设时，我就几乎天天去工地上看，就盼着它快盖完。房子要交工时，我特意把婆婆从外地接来了，领着她在分给我的那个毛坯房里转了一圈又一圈，告诉她这个房间准备怎么用、那个房间准备干啥，那种激动的心情现在想想都还能感受得到。搬进新房后一年，我的大女儿考上了大学。两年后，二女儿、儿子也陆续上了大学。一家人一直挤在不大的房子里住，有了地方了，一家人却各奔东西了，房子大了却空了。很长一段时间，我心里都调整不过来。

2001年1月9日，全国房改及房地产工作座谈会在马鞍山市召开。会议强调：

今后十年，我国的住房建设仍有较大发展空间，启动住房消费仍是扩大内需、拉动经济增长的重要杠杆之一。中国房改2001年将进入全面建立住房新制度阶段。这个以住房商品化为总目标的新制度，将由住房分配体系、住房供应体系、住房市场体系、住房金融体系、住房中介体系、物业管理体系和政府的宏观调控体系等七个体系组成。

就在这一年，李桂玲家里的住房条件又发生了变化，她说：

2001年，我从单位内退，正巧大女儿也有了孩子，我就和老伴商量，一起到了3个孩子生活的城市。那时全国实行房改没多久，孩子很幸运赶上了这个机会。后来市面上的商品房多了起来，孩子们选择房子的机会多了，就自己买了更大的房子，我和老伴索性就把家搬了过来。

如今，我的3个孩子，每个人的住房都是100平方米以上，我们一辈子没住上的房子他们都住上了。这都是改革开放给他们带来的机会。我和老伴现在住的房子也不小，将近80平方米，楼层不高，周围公园有好几处，医院、交通都很方便。最重要的是，几乎天天都有孩子来看望我俩，这使得本来有些空的房子，显得不那么大了，这也是我们最开心的事情。

公布住房公积金管理条例

2002年3月24日,国务院发布350号令,公布《国务院关于修改〈住房公积金管理条例〉的决定》,并自公布之日起实施。修改后的"决定"主要内容:

一是扩大住房公积金缴存范围,增加了"民办非企业单位、社会团体"。

二是将省级建设行政主管部门负责本行政区域内住房公积金管理工作的指导,修改为"省、自治区人民政府建设行政主管部门会同同级财政部门以及中国人民银行分支机构,负责本行政区域内住房公积金管理法规、政策执行情况的监督"。

三是将原住房公积金决策机构,即住房委员会调整为住房公积金管理委员会,并提出了管委会的组成结构。同时,在原有职责基础上,再增加一项"审议住房公积金增值收益分配方案"的内容。

四是强调一个地区市只设一个管理中心,对设立分支机构的,实行"统一的规章制度,进行统一核算"。并将管理中心调整为"直属城市人民政府的"不以营利为目的的独立的事业单位。

五是将由管理中心确定受委托银行调整为由管委会来指定。

六是增加了一条对管委会的罚则。

七是明确了建设部门依据管理职权，对管理中心有责任人员依法给予行政处分，也明确了由建设主管部门可依据管理职权来追回挪用的住房公积金等。

八是增加了一条"住房公积金管理中心违反财政法规的，由财政部门依法给予行政处罚"的内容。

2003年，辞职下海经商多年的王子涛从深圳回到北京，第一件事便是在北京寻觅具有发展潜力的区域投资买房。

王子涛回忆说：

当时主要是看到海南和深圳房地产市场的崛起，觉得北京的房价肯定会大幅度上涨，所以趁着房价还没完全上涨起来，购买两套做个投资。说起来为了投资买房，还同老爷子作了好一阵的斗争。

在说服了家里人并经过近一年的市场调研后，王子涛将投资项目选择了东三环双井一个新开盘项目。王子涛说：

那时候这个项目只卖5000元出头，很多人都觉得那个地方不太好，但我觉得这里距离国贸很近，将来肯定有发展，就买了两套103平方米的两居室。

事实证明，王子涛的选择非常正确，4年后，当王子涛以均价每平方米1.9万元将两套房子卖出后，房地产市场让当年为居住奔走的普通百姓首次尝到了投资的甜头。

南昌市公务员王小玲也回忆了改革开放30年给她的住房带来的巨大变化。王小玲说：

我搬了3次家，居住条件和环境一次比一次好。住房的变迁使我亲身感受到改革开放以来我国经济社会的发展和人民生活的巨变。

1980年，我分到了第一套住房，那是一幢20世纪60年代建的平房，一个两居室的套间，不到25平方米，没有卫生间。房门都朝北开，到了冬天，北风呼呼地往里吹，感觉特别冷。在这简陋的房子里，我们一住就是9年。

1993年，我爱人在市内分到一套两室两厅近80平方米的住房，简单装修后，我家搬进了新居。看着舒适、宽敞的新房，大家都为我家高兴。转眼间，在这套两室两厅的住房又住了10年。

2003年，我们又搬家了。这套住房是我爱人单位2000年筹建的集资房，三房两厅两卫，

140平方米,而且这是个拥有几百套住房的住宅小区,采取社区管理,住房和环境都很好。随着人民群众的生活水平不断提高,我们的工资已经翻了几番,买房子时借的钱早已还清。

在成都公积金中心服务大厅,市民刘小芹和爱人站在宣传栏前,目不转睛地盯着大屏幕上面滚动的字幕。服务大厅里井然有序地坐着前来办理业务的市民,旁边的便民服务架上,放着关于公积金缴存、提取、贷款等各项措施的小册子。

几乎每天,都有像刘小芹夫妇一样的市民来这里咨询、办理相关业务。

在没有住房公积金制度前,凭刘小芹的能力,想要买一套房子绝非易事。

刘小芹回忆当年买房的经历时说:

我是成都第一批办理公积金的。如果不是当初办理了住房公积金,后来买房的时候到哪去凑那么多钱!

刘小芹与公积金打交道已经10多个年头了。

2002年,她购买了地处南门的一套房子,一次性从公积金账户里提取出4万块钱。这4万块,对于她来说,就像天上掉馅饼似的。

刘小芹回忆说：

没想到，平时缴点钱，到最后却帮了大忙，当时单位说让缴公积金，大家好多都不乐意，担心有去无回。

最后，还是工作人员再三解释，说单位还要往账户里补一部分钱，钱最后都是大家的，以后买房子会有用，大家才同意从每月工资里扣除几块钱不等的住房公积金。

无疑，刘小芹体会到了住房公积金的好处，而这样的甜头在刚开始时并没有想到。

几年过去了，扣除的公积金也由最先的几块钱涨到了几百块。到2002年，刘小芹的账户里已经有了5万多块钱，正好赶上买房子。

刘小芹说，也就在那个时候，她才算真正明白了什么是住房公积金。

在此时，成都市的住房公积金已经走过了10多年的发展历程，千千万万市民受益于这项制度，实现了住房梦想。

如今，每月按一定比例缴纳住房公积金，已成为不少人工资单上的一个常项。以公积金"月供"住房，也成为很多人生活中的组成部分。成都已经有数百万人享受公积金。

刘小芹是幸运的，而和她一样品尝到住房公积金甜头的还有不少人。成都市享受住房公积金的人增加到了数十万。

从1992年开始试点到后来，我国住房公积金制度从无到有，经历了逐步健全完善的过程。可以看得到的是，多年来，我国住房公积金制度覆盖范围明显扩大，缴存数额大幅增加。

成都公积金制度的从无到有和后来的从有到优，则要归功于住房公积金制度，归功于执行机构的日益完善与健全。

2007年9月，在天津市第十四届人民代表大会常务委员会第三十九次会议上，审议并通过了《天津生态市建设规划纲要》。

会议决定：

> 一定要把生态市建设与加快滨海新区开发开放有机结合起来，充分利用先行先试的有利条件，把滨海新区率先建成生态城区，努力把天津建设成为经济繁荣、人民富裕、环境优美、社会文明的生态城市，建立以人为本，人与自然、社会和谐，安全、便利、舒适的生态人居体系。

王明浩说道：

当初因为整个的社会经济发展水平和生活条件，指标定得普遍比较低，比如说小区的绿地率20%～30%，现在是30%～40%了。这是根据我们宜居城市生态城市等等方面的要求，和人们的认识而逐步提高的，比如环境问题、舒适度问题、空气质量问题等等。这方面的指标也会定得更加科学、合理。比如环境布局合理、配套齐全等等。根据我们的了解，咱们天津的中心城区规划了24个生态居住片区，外围组团和滨海新区各规划14个生态居住片区。

这些区域，都将建设成为临绿地、临公园的"亲绿宜居生态社区"，而在各个区县等地，将建设11个新城，然后围绕这些新城及各城镇组团，建设成"亲田园宜居生态社区"。

改革开放30年来，住房的变迁在无形中也见证了改革开放以后，我们祖国国富民强的发展历程。

房子现已成为天津告别旧生活走进新时代的见证。每一个人都能深刻体会到，改革开放不但让我们享受到实实在在的物质利益，而且改善了我们的生存环境，使我们生活得更平和、更健康和更文明了。

出台政策稳定住房价格

2005年3月26日,为了对房价上涨过快的问题"加以全局性控制",国务院办公厅发出《关于切实稳定住房价格的通知》。

"通知"中要求:

一、高度重视稳定住房价格。各地区、各部门要充分认识房地产业的重要性和住房价格上涨过快的危害性,高度重视,加强领导,把做好稳定住房价格工作作为加强和改善宏观调控的一项重要内容,采取有效措施,抑制住房价格过快上涨。

二、切实负起稳定住房价格的责任。房价提高到政治高度,建立政府负责制,省政府负总责,对住房价格上涨过快,控制不力,要追究有关责任人责任。

三、大力调整住房供应结构,调整用地供应结构,增加普通商品房和经济住房土地供应,并督促建设。抓紧清理闲置土地,促进存量土地的合理利用,提高土地实际供应总量和利用效率。

四、严格控制被动性住房需求，主要是控制拆迁数量。要坚决制止城镇建设和房屋拆迁中存在的急功近利、盲目攀比和大拆大建行为，避免拆迁带来的被动性住房需求过快增长，进一步减轻市场压力。

五、正确引导居民合理消费需求。要综合采取土地、财税、金融等相关政策措施，利用舆论工具和法律手段，正确引导居民住房消费，控制不合理需求。

六、全面监测房地产市场运行。要建立健全房地产信息系统和预警预报体系，加强对房地产市场的监测，全面准确地掌握房地产市场状况和运行态势。

七、积极贯彻调控住房供求的各项政策措施。各地区要认真贯彻落实国家调控住房供求的各项政策，尽快制订具体落实方案并组织实施。

八、认真组织对稳定住房价格工作的督促检查。对部分住房价格上涨过快的地区或城市还要进行重点督查。要建立通报制度，对调控措施不落实、住房价格过快上涨的地区予以通报批评。

4月27日，温家宝总理在主持国务院常务会议中再

次提出要进一步加强房地产市场宏观调控，并提出八项措施引导和调控房地产市场，称之为"新国八条"：

一是强化规划调控，改善商品房结构。

二是加大土地供应调控力度，严格土地管理。

三是加强对普通商品住房和经济适用住房价格的调控，保证中低价位、中小户型住房的有效供应。

四是完善城镇廉租住房制度，保障最低收入家庭基本住房需求。

五是运用税收等经济手段调控房地产市场，特别要加大对房地产交易行为的调节力度。

六是加强金融监管。

七是切实整顿和规范市场秩序。强化法治，严肃查处违法违规销售行为。

八是加强市场监测，完善市场信息披露制度。加强舆论引导，增强政策透明度。

2006年3月14日上午，人民大会堂三楼中央大厅，鲜花如海。国务院总理温家宝在此举行中外记者招待会，国内国外都在倾听中国的声音。温家宝的睿智、坦诚、魄力和仁爱，倾倒了在场的每一位记者。

温家宝说：

我最感动的是人民对政府的支持。这种支持来自鼓励，也来自批评，而且总是那么热情、一贯。我最痛心的，是在我这三年的工作中，还没能够把人民最关心的医疗、上学、住房、安全等各方面问题解决得更好。

2006年5月，九部门制定《关于调整住房供应结构稳定住房价格的意见》再被国务院转发。

这一文件，从切实调整住房供应结构，进一步发挥税收、信贷、土地政策的调节作用，合理控制城市房屋拆迁规模和进度，进一步整顿和规范房地产市场秩序，有步骤地解决低收入家庭的住房困难，完善房地产统计和信息披露制度六个方面，提出了明确要求。

马贵珍是地道的北京人，家里世世代代都生活在北京。

马贵珍怀上女儿李星后，就开始四处奔波，为这个即将添丁的家庭找一处住所。终于，房管局同意分配给马家一间房子。

随着孩子长大，房子显得越来越小。1979年开始，中国在一些城市试点，以房屋成本价出售房屋。随后，在改革开放30年进程中，住房改革一步步市场化。住房改革初期，中国人并不习惯这个概念。人们已经习惯了单位提供住房，更重要的是，没有人拿得出那么多现金来购房。

马贵珍说道：

> 我们家的情况并不是最差的，有些家庭好几代人都挤在一间房里。随着中国经济不断发展，我们一家也没有放弃对更好住宅的向往。1997年，我爱人再次与别人家交换住房。这次还是在胡同里，是两间房共27平方米。我们从来没住过10平方米以上的房子，生活真是越来越好了。

不久，好消息传来，他们家所在的区域将被拆迁，盖新的商品住宅楼。作为补偿，开发商以三分之一的市场价将新房出售给老住户。

马贵珍说："但房价实在太高了，当时看来还是有些不现实。"

2001年北京申奥成功后，北京的房价就逐年走高。一些城市里的年轻人，依靠家长支付房贷首付来购买住房。之后等待他们的是"节衣缩食"的生活，以支付每月的按揭。

2008年，政府再投入68亿元用于廉租房建设。同时，中央政府要求地方增加经济适用房建设，以满足中低收入家庭的住房需求。

2002年，北京市委书记贾庆林在报告中第一次提出，

5年后，北京人均住房使用面积提高到20平方米，闻此一说，全场掌声经久不息。

北京市发展计划委员会主任沈宝昌说："像北京这样上千万人口的特大城市，要达到这个目标是很了不起的事情。人均使用面积20平方米是全市的平均数字，不可能是每个人都能达到的，有些居民家庭会超过这个数字，有些会接近，还有些会有差距。所以，下一步政府加大对住房困难户的扶持，其中一点，就是加大经济适用房的建设力度和提供更多的廉租房，满足中低收入群众的购房需求。"

2007年，北京开始调整经济适用住房政策，让经济适用住房政策回到"解决低收入家庭住房"。

2008年4月，随着限价房政策的出台，北京搭建了廉租房、经济适用住房、限价房和商品房等分层供应的住房供应体系。

北京市政府实现了5年前的承诺，北京人住房面积的增大，人均住房使用面积在2007年比1978年翻了两番还多。

这些数据，不知凝聚了多少代人的期盼，多少代人的梦想，多少人的心血，多少人的艰辛！

解决低收入者的住房困难

2007年8月7日,国务院发布《关于解决城市低收入家庭住房困难的若干意见》。

这个文件一是明确指导思想、总体要求和基本原则,二是进一步建立健全城市廉租住房制度,三是改进和规范经济适用住房制度,四是逐步改善其他住房困难群体的居住条件,五是完善配套政策和工作机制。

11月,国务院总理温家宝前往新加坡访问,他此行的目的,是就住房制度向新加坡取经。

在新加坡国立大学发表演讲后回答提问时,温家宝告诉新加坡政界、商界和学界人士:

几年前,曾经考察过新加坡的住房,受到不少启发,如果提起人民生活,我最为关注的是住房问题。改革开放30年来,居民住房的条件有很大的改善,现在城乡居民住房的面积平均超过20平方米,但是分布不均,特别是近些年来房价上涨较快,引起人民有很大的意见。事实上,中国新时期的住房保障体系正在建立。

在政府应该做什么的问题上,温家宝认为:

政府的职责最重要的是要搞好廉租房，让那些买不起房或者进城打工的农民工能够租得起房、住得上房。为此，中央今年在财政超收中将安排49亿元人民币用于廉租房建设，如果加上地方财政，这个数字将近几百亿。对廉租房和经济适用房，政府应提供和保障土地的需要，当然土地也要节约和集约使用。中国人多地少，13亿人口的国家要守住18亿亩耕地才能养活中国人。因此，严格土地利用和保障居民住房无疑是一对矛盾。怎样建立起民众负担得起、居住品质也较高的住房保障体系，对中国政府无疑是个考验。

段建平是南昌市的残障人士，他讲述了自己的住房经历：

改革开放和住房保障体系的健全，让我和家人受益匪浅。我和我的妻子都是残疾人，都丧失劳动能力，全家经济来源全靠政府每月发放的低保金，生活相当困难。原来我们住的房子环境很差，而且经常是一年要搬几次家，很多人看到我们夫妻残疾都不愿意把房子租给我们。可自从政府提出，要保障人民的基本生活、建立廉租住房制度、解决城市低收入家庭的住房困难以来,像我们这样低保家庭越来越受到政府的关心。

2007年,我得到了政府分配的60平方米两室一厅的廉租住房,这极大地减轻了我们的经济压力。现在我家浴室、卫生间、厨房一应俱全,卧房还带有个小阳台,阳光透过窗户直射屋内,特别明亮,廉租住房政策着实让我们享受到了改革发展的成果。

时年50岁的钟国祥是土生土长的南昌人,小时候因患小儿麻痹症落下了终身残疾,只能靠双拐行走。

他没有固定的工作,妻子也是残疾人,家里主要的生活来源是政府发放的低保收入,每个月总共460元。

长期以来,他们一家只能靠租最便宜的平房勉强解决住的问题,即便是这样,每个月的房租也要花去他200多元钱,这对于钟国祥一家而言是一笔很难承受的开销。为了维持家里的开支,钟国祥曾偷偷地开着自己的残疾人助力车上街拉零活。

直到有一天,街道居委会的干部告诉钟国祥,他符合条件,可以申请廉租住房。抱着试试的态度,钟国祥递上了自己的廉租房申请。

经过社区、街道、房管部门的三级核查,钟国祥的申请资格被确认,他的廉租房有了眉目。2005年6月25

日，南昌市房管局廉租房中心打来电话通知他，一套60多平方米的二手房已经为他准备好了。

按照南昌市有关低保家庭的廉租房租配政策，钟国祥每月只需要支付11元钱的房屋租金。

钟国祥终于在南昌市迎宾大道509号14栋1单元201的两居室中过上了安宁稳定的生活。他动情地说：

> 交了申请后，我老婆总是催我，让我找政府问问什么时候有房子。我说，着什么急？该有的时候政府肯定会通知咱们的。
>
> 虽然嘴上说不急，可在接到分到房的通知后一个星期，我就迫不及待地搬进了自己的新居。我现在最满意的就是政府分给我的房子，连我父亲都没有给过我房子，真没想到自己也能住上政府分的房子……

虽然是廉租房，但在钟国祥看来，这就是党和政府"分"给自己的，是自己最温暖的家！

五、巨大成就

- 深圳市委书记、市长李灏公开表示，再难也得搞，要成立深圳市房改办公室，专门抓此项工作。

- 原成都市住房委员会办公室副主任蒋治云说："如果没有住房改革，想解决群众的住房难问题那是遥遥无期。"

- 王大爷非常激动地说："当我拿到房产证时，特别激动。我总以为自己无缘住楼房了，没想到老了，还住进了属于自己的房子！"

哈尔滨住房改革成绩显著

改革开放 30 年间，哈尔滨大刀阔斧的住房制度改革让市民首次拥有了可以上市交易的私有产权住房。大规模的商品住宅建设，更给市民居住条件和生活环境带来了翻天覆地的变化。这变化看得见、摸得着，每个人都是受益者。

2008 年，坐在孙女新买的 20 平方米精装修高层小公寓里，84 岁的张奶奶感慨万千。她说：

> 30 年前，我们住的屋子也是这么大，但却挤着我和儿子一家老少 5 口人。那时候几乎家家都是这么紧巴，一个局长也不过就住 30 平方米的房。

为了住人，屋里能利用的空间都占上了，推开门就是饭桌子，伸直腰脑袋就得撞吊铺，老太太和儿子儿媳的床之间只能拉上一道帘。

熬到 20 世纪 80 年代中期，儿子终于分到了一套 50 多平方米的"两室半"。2000 年，孙子结婚，小夫妻贷款买了套 80 平方米的两室一厅，自立门户去了。2005 年，儿子也买了套过百平方米的大房子，不但每人都有独自的房间,还有专门的客厅和书房。后来孙女又搬走了,总嫌房子"挤"的张奶奶开始为房子"空"发愁了。

张奶奶家的"住房史"几乎就是哈尔滨城市居民住房条件变化的缩影。

统计数据显示,到 2007 年底,哈尔滨市城市居民人均居住使用面积由 1978 年的约 3 平方米增加到 18.85 平方米。这意味着,冰城人的家在过去 30 年间,扩到了原来的 6 倍多。

与此同时,户型多样、卫浴分离、集中供热、小区配套等功能性的变化,也让市民的居住条件迅速自"有"而"优",完成了生存型向舒适型的大转变。

谈及哈尔滨市的房改历史,房产管理局的"元老级"退休干部杜修家回忆说:

> 1978 年启动的道里"三十六棚"和道外"十八拐"两处棚户区改造,拉开了哈尔滨市大规模改善城市居民居住条件的序幕。
>
> "三十六棚"的一期工程和"十八拐"改造进展神速,居民们当年就从低矮的棚户区搬进了新楼房,家庭平均使用面积也由从前的 15 平方米扩大到 30 多平方米。

此后几年,哈尔滨市持续保持着年均竣工住宅面积逾百万平方米的建设速度,百姓居住条件不断改善,困扰政府和群众的"住房难"问题初步得到缓解。

1991年以后,哈尔滨市开始又一轮大规模、成区域的危房棚户区综合改造和新区开发建设,先后重点改造了地德里、荟芳里、新阳等旧城区的危棚户地段,同时加快了新区建设步伐,先后开发了辽河、林兴、红旗、宣庆、红旗试点、闽江、河松、松北等一大批配套完善、功能齐全的新型住宅小区,其中红旗试点和闽江小区还荣获了国家建筑工程质量最高奖,即"鲁班奖"。

到2007年底,哈尔滨市人均居住使用面积上升到18.85平方米,比改革开放之初增了5倍多,且全市住宅开工建设规模仍以年均千万平方米的速度不断增长。

国家统计局哈尔滨调查队后来抽取500户居民样本完成的一项调查结果,直观地展现出30年间冰城市民居住质量的巨变。

改革开放之初,普通家庭大多数只有一间住屋,厨房厕所都是公用的。通过城市建设和改造,单元配套住宅大量普及。

1985年,有厕所的家庭占29.7%,其中有浴室的家庭仅占0.7%;到2007年,有卫生间、浴室的比例已达到99.4%。1999年,哈尔滨市市民居住单元配套住宅户数比重达到63%,首次超过国家小康居住60%的标准,到2007年单元配套住宅率已占到95.4%。不仅如此,集中供热、燃气入户等现代化居住设施的普及,也使百姓的生活质量不断提高。

据调查显示，1985年靠火炕、火炉取暖的家庭占48%，到2007年99.8%的居民家庭用暖气取暖，少数居民家庭还用上了更加清洁的电采暖；100%的家庭使用了燃气，其中使用管道煤气户数为84.3%，液化石油气户数为15.7%。

2008年，哈尔滨市又开始在全市范围内开展大规模天然气置换工作，越来越多的家庭用上了更清洁更高效的新能源。

功能日渐丰富的同时，户型的变化也日新月异。从以前的一屋一厨、两屋一厨唱主角，发展到后来的通透板式、明厅双卫、干湿分离、复式、错层、跃层、精装修小公寓等多种户型和内部分割方式，越来越符合不同层次人群的生活需求。

到2007年底，哈尔滨市形成了层次丰富、健康透明的住房供应体系，市场上从二三十平方米的小住房到逾百平方米的大户型，从市区的普通多层、高层住宅，到城郊、新区的独栋、联排别墅应有尽有，人们可以自由择地而居、择邻而居。

改革开放30年，关于住房的制度和观念的变迁，不但让广大市民改善了居住条件、提升了生活品质，更引领人们迈向了居住的"个性化"新时代。

深圳探索住房改革之路

深圳是中国大规模建房的缩影，深圳是中国政府有效解决人居问题的典范。

特区自创立之初，深圳只不过是一个几万人口的边陲小镇，而如今已经是一座人口过千万的繁华都市。这座在20多年间人口上千倍增长的城市，是如何解决住房问题的呢？

1987年初，为了贯彻国务院关于加强城镇住房制度改革的指示，深圳市政府成立了住房制度改革领导小组，下设房改办公室。

这是从建设系统各部门抽调的一批专业人士，组成的住房制度改革研究、设计的临时集体。而这一临时集体的负责人便是其中年龄最大的董日臣，那时候，他刚好45岁。技术出身的董日臣是当时大家一致公认的最佳人选。

董日臣是辽宁丹东人，高级工程师，深圳大学建筑学系客座教授，曾任深圳市住宅局副局长、正局级巡视员。这位在深圳住房制度改革过程中扮演了重要角色的老房改回忆道：

我还清楚地记得，当时的房改办公室就设

立在当时房地产管理局借用的振兴路工程质量检查站大楼四楼西面的大厅里。

用胶合板隔成的办公室里，一条座位早已凹陷的旧沙发，两把锈迹斑斑的落地扇，八张旧办公桌，一部电话所有人共用，这就是深圳房改方案初稿设计者的办公地点。

尽管当时的条件相当艰苦和简陋，但大家毫无怨言，面对繁重的研究设计任务，董日臣他们潜心研究，开拓了一条有深圳特色的住房制度改革之路。他们凭借的完全是人们对建设特区美好明天的无限憧憬和满腔热情。

其实，邓小平当时对中国房改的思路和方法已经很明确了，可是，执行起来却显得十分艰巨和复杂。作为中国的排头兵、改革开放的试验场，深圳的房改怎能按兵不动呢？

时任深圳市委书记和市长的李灏公开表示，再难也得搞，要成立深圳市房改办公室，专门抓此项工作。

董日臣回忆道：

我就在那时奉命上阵了。我们学工科的特点就是尊重科学，重视数据，要将一切结论产生于大量数据的占有与科学的分析之后。我一上任，就开始带领我们房改办四五个人，组织了一项5000多人的大规模调查研究。

当时是七月份，正值深圳炎夏酷暑的季节，董日臣率领大家从早到晚，马不停蹄，四处奔波，将各种数据源源不断地输入到电脑，再不断输出，各种卷宗排成行，堆成山。

最后，统计出了14万个数据，揭示了深圳居民住房问题的内幕：在特区建立之初的8年里，百业待兴的深圳用于住房的投资高达22.4亿元。要知道，从1980到1987这8年，深圳特区总投资也只有97.67亿元，住房建设资金占特区总投资额的23%，即在恨不得一分钱都掰成三分花的当口，高达23%的住房投资，不能不说是一项巨大的开销。

然而，与后来成熟活跃的房地产市场不同，当年这项巨额的投入是没有任何产出的，和全国其他城市一样，由于住房近乎是无偿提供使用，建设资金成了投入后无法周转的"死资金"，而且每年还要贴补住房折旧、维修、管理费用逾5000万元。

作为城市的投资建设者，政府和企业也在这个恶性循环中备受"资金匮乏"以及"社会住房分配不公"的困扰。

董日臣说：

> 沿袭了中国住房制度30多年的旧模式，由国家和企业全包的住房制度带来了种种弊端，

给深圳经济也背上了沉重的包袱。当时我们调研结果很明确：要扭转当时城市住房恶性循环的局面，必须改革当时的住房制度，买房比租房好，应该创造积极条件，鼓励大家购买住房。

在房改办的结论通过征求意见的形式传递到社会各界后，买房、卖房、租房，一时间成了当时深圳人热议的话题。当然，有的支持，有的反对，还有的怀疑。

一晃到了1987年底，市房改办起草了《深圳经济特区住房制度改革方案》及《九项配套细则》，并随即召集来自包括上海、北京、广州、天津等全国各地专家、学者在深圳迎宾馆举行专家论证会，字斟句酌讨论"房改方案"。

与会者议论纷纷，各抒己见：

"这一步跨得太大，要摔跤的！"

"提高房租，大家都哇哇叫了，怎么能一下子让买房呢？还是慢慢来吧！"

"还是稳定老住户好，老房不卖，新房卖，让国有资产少流失些。"

当时除了个别学者，几乎意见是一边倒，主张提高一点租金，但不要买卖住房。

唯一完全支持的是当时建设部住宅研究所所长严正，他表示在中国住房越建越多，包袱也越来越重，深圳的房改方案，可以扭转这种局面，是带有方向性的。

在市委常委会上，严正汇报时反复强调房改的必要性以及卖房相对于租房的优越性。当时董日臣就直言不讳地说道："房改就是要提倡卖房，把房卖出去就是成功，否则，房改就是失败！"

董日臣在回忆当年房改方案出台那一波三折的过程时，不无幽默地描述着当年他及房改工作人员和市里主要领导亲密无间、热烈共议的情景。

深圳房改取得实质性进展还是在1988年春天。

这年春天，国家体改委派了一个40多人的调查组到深圳调研，其中对深圳房改的调查论证就花了40天。最后的结论是：

> 深圳经济特区住房制度改革方案的出台，将具有全国性意义。

在当时，深圳房改办的人都深受鼓舞，并一鼓作气，连续攻克了"私房补贴""住房补贴现金发放""产权归属""工龄减免""国有资产流失"等房改中的敏感问题，将方案再次认真地进行最后一稿的修改。

1988年5月13日，这份在当时可称得上"惊世骇俗"的《房改方案》及其《九项配套细则》终于获得市委常委会讨论通过。

1988年6月10日，深圳市住房制度改革大会在深圳会堂召开，长达万言的房改方案，由当时深圳市副市长李传芳逐字逐句宣读，整个会场自始至终鸦雀无声，所有人神情严肃而认真，因为这是深圳住房发展的一道分水岭。

从此，深圳告别了福利型的住房制度，开始走向一条住房商品化的道路，深圳的房改也正式拉开了序幕。

房改之后，为了解决广大工薪阶层的住房问题，探索一种适应特区实际的供房方式，深圳当时专门组织人员到香港和新加坡考察，并借鉴他们的做法，结合深圳现实情况，确立了"双轨三类多价制"的特色模式。董日臣解释道：

> 所谓双轨，一是政府组织建房，二是房地产开发企业投资建房；三类，一类是福利商品房主要供应党政机关、事业单位的职工干部，二类是微利商品房供应企事业单位的职工，第三类是市场商品房供应全社会。多价制就是住房根据经济属性和供应对象不同，实行不同的房价。

1989年，就在深圳市房改方案出台后一年制定了《深圳市居屋发展纲要》。这是全国第一个政府修建政策性住房与市场开发商品住房两轨并进，并划分各自比例的纲要。两轨多价的住房体系就确定了。

《居屋发展纲要》还拟定了福利房占30%，微利房占40%，商品房占30%的比例，并注明此后建房比例两头逐渐减少，微利房逐渐增多。

在这个纲要里，可见一个完整的住房保障体系：

  对党政机关公务员，政府修建福利房；对企业职工，提供微利房；有户籍但不具备购房条件的人员，可以租住政府修建的全成本微利周转房；而有户籍无购房条件的企业员工，政府修建社会微利周转房供租赁之用；没有户籍的从业人员，政府则计划修建租金稍高于微利周转房的单身公寓。

在当时中国其他城市"小步提租"尚且瞻前顾后，深圳已经开始按照自己的房改方案大力度运作了，房租由每平方米0.14元一步提高到准成本租金2.06元，同时开始发放住房补贴，公有住房出售的准成本价当年定为每平方米264.15元。当时买一套建筑面积约70平方米的住房需要支付近2万元。

2万元在那个年代可是个不小的数目，当时深圳干部职工平均月工资也只用400多元，80%的人还得到处借款买房，当时有差不多一半人是一次性付清款，其他都是分期付款，用现在的说法，也算是办了按揭。

日后，随着全国物价上涨和居民收入的普遍提高，深圳住房的租、售价也逐渐提高。1995年上半年，准成本房价已升到每平方米建筑面积近 1000 元，租金也达到每平方米建筑面积 5 元左右。

到 1995 年 8 月底，深圳市房改前竣工的住房已经售出 95%，而 82% 的深圳家庭都已经购买了自己的住房，这也就标志着住房已经成为深圳的消费热点。房改不仅卸下了政府的包袱，也激活了深圳住宅的生产与消费，居民收入的逐年增长和住房消费热情的长久不衰是深圳推进住房商品化的内在动力。

深圳的房改经验也引起了国际关注，一位英国专家来深圳考察时感叹说："英国搞住房私有化这么多年，卖出的房也只有百分之二十六，而深圳，百分之八十二的人都购买住房了，这无疑是一条成功之路！"

事实证明，深圳房改的影响已经跨越了时空，从深圳走向全国，也走向了世界。

成都住房改革取得辉煌成果

2008年,许多成都人回忆起30多年前通过"等靠要"来排队等待福利分房的往事,都还感慨不已。那时候,成都人均居住面积不足5平方米。

原某企业职工,时年63岁的叶大妈说起这房子的变化,就如同打开了一个话匣子。叶大妈说:

当时单位的福利分房,还得按工龄来排队,单位的房子就只有那么多,你排了半天还不一定排得到。

说到这里,叶大妈连连摇头,真正要住上一套觉得合适的房子,好像比"登天"还难。

1983年,成都作为全国房改的试点城市之一,首次尝试了公房以补贴出售的方式,向人们展示住房是商品的概念。

叶大妈谈到此事,深有感触,她回忆说:

自从我市开始推行住房改革之后,首次提出了住房市场化、政策社会化后,贷款购房,自个儿挑选位置,当年分房的"尴尬"早已抛到九霄云外。

原成都市住房委员会办公室副主任蒋治云回忆了成都市当时的房改状况。蒋治云说：

> 如果没有住房改革，想解决群众的住房难问题那是遥遥无期，成都市最初尝试就是由房管局发起，在直管公房当中实行补贴出售，所谓三个一点的原则，单位补贴一点、个人出资一点、政府政策优惠一点，把个人原有已经住着的直管公房买下来。那种住房要买的概念第一次植入了市民的心坎里。

蒋治云表示，虽然仅仅只是一个小范围的尝试，虽然仅仅只是一个在今天看来意义更多体现在给人们一种观念上的认知的行为，却依然在20世纪80年代初的成都引起了不小的震动。

一个房改，带来的是政府在改善民生方面的实在成效，也带来了整个房地产业的蓬勃发展。对此，蒋治云深有感触地说道：

> 出售房屋，让政府或国家几十年的投入终于有一部分资金能够收回来了，利用收回来的资金再进行新的住房投入，这样像滚雪球似的，

按标准价、房改优惠价、成本价，超过面积的甚至还按当时的市场价来出售，这样就有了产出，不断地促进了住房建设的发展。

蒋治云回忆道：

以住房制度改革为开端、为起步，房地产业应运而生。现在一年的房屋产出超过了过去几十年，由此使得市民的住房问题有了一个天翻地覆的变化，这不是孤立的，而是伴随着改革开放来实现的。

30年来，成都的住房改革也实现了人均住房面积从人均不足5平方米到现在接近30平方米的蜕变。这个宜居城市的理念，也随着改革开放30年，得到越来越多人的认同。更多的外地人开始选择来成都购房置业、安享晚年。

来成都生活多年的曾先生就这样评价说：

在改革开放以前，只能享受单位上的福利分房，你不可能想象到别的城市去买房住，这是不可能的。

宁夏房改三十年的变化

出生在20世纪30年代的王大爷,是地地道道的宁夏人。说起宁夏回族自治区刚成立时银川人的住房状况,王大爷连连摇头,感慨万分:

> 那时候,银川几乎没有楼房,人们住的全是土坯房。记得1962年底银川饭店和邮电大楼建成,老银川才有了楼房。

而截至1962年底,银川市人均住房面积只有3.78平方米。在60年代,王大爷一家祖孙三代6口,住在总共不到20平方米的两间土坯房里。王大爷回忆说:

> 那时候,家里也没什么家具,只要人有个地方睡觉就可以了。我周围家家都是三代同堂。

直到20世纪70年代,王大爷的两个弟弟先后成家,家里的房子才稍微宽敞了一点。可此时,家里的4个孩子都长大了。

为了给孩子一个安静的学习环境,王大爷只好在仅有的小伙房里又砌了一个两人睡的炕,王大爷老两口在伙房睡，老母亲和4个孩子在两间土坯房里睡。

说起曾经住过的土坯房，王大爷自嘲地说："那时候人们常用'上看一片黄，下看是土墙，雨天泥水流，晴天尘土扬'来形容我们住的房子。"

截至1979年底，银川市人均住房面积只比解放初提高了0.7平方米，达到4.2平方米。

进入80年代，一些单位开始自筹资金建房，但那个时期居民解决住房停留在"等、靠、要"三个字上。等政府建房，靠组织分房，要单位给房。

王大爷也期盼着单位分房能尽快轮上自己，而他所在的国营农垦系统，不知有多少人在排队等房。

王大爷一家就在那两间土坯房里住了20多年。他说，当时他特别羡慕城里住楼房的人。虽然没有独立的厨房和卫生间，但冬天毕竟楼房比土坯房暖和一些。直到1985年，单位新盖了砖瓦房，王大爷才算住进了新房，房屋面积比原来大了15平方米。

王大爷说起银川80年代最大规模的住宅楼小区，他回忆说：

> 1984年时，听同事们说在唐徕渠附近新建了一个规模很大的小区，那里有商业网点、花坛、绿地、亭阁等点缀其间，还建有中小学校、幼儿园、影剧院、邮政、储蓄、煤气供应和集中供暖等生活服务设施，听得让人特别羡慕。

截至 1988 年底，银川市城镇人均住房面积 6.9 平方米，在全国首府城市和大中城市中居中上水平。当年，先后建设了唐槐、湖滨、和平新村、北环、友爱、民乐、新城东环和新市区纬四路等 11 个居民住宅小区，近 1 万户居民乔迁新楼。

20 世纪 90 年代新的住房时代开始了，住房政策出现了分水岭。一方面"福利房"仍占主导地位，另一方面原先分配的"福利房"以及各式各样的自建公房折价转卖给了使用者。1993 年，王大爷将单位分给他的两间砖瓦房按其工龄，扣除房屋折旧，花了上万元买了下来。

转眼到了 1998 年，国务院《关于进一步深化城镇住房改革加快住房建设的通知》下发后，住房制度改革全面展开。住房实物分配被取消，实行住房分配货币化，许多人的住房轨迹就此发生了根本性的改变。

王大爷的 4 个孩子所住的房子都是在 90 年代购买的。大儿子王洪平说：

> 当时，我花了 4 万多元买了 60 多平方米的房子，周围的朋友都觉得我买的房子太贵了，但现在回过头来看，当时还是买对了。

2006 年，王大爷住的两间半砖瓦房要拆迁，房地产公司通过置换的形式给王大爷免去 60 平方米，剩余的面积由王大爷自己付款，王大爷拿出多年的积蓄买了一套112平方米的新楼房，他的4个子女又凑了4万多元将房子进行了精装修，实现了他多年住楼房的梦想。王大爷非常激动地说：

当我拿到房产证时，特别激动。我总以为自己无缘住楼房了，没想到老了，还住进了属于自己的新楼房。要是再年轻几十岁，我一定要套小高层住住，那里的环境一定比现在的小区更好。

进入新世纪，在银川市委、政府的领导下，住房建设的步伐加快了。

2007年，银川市政府还提出要新建经济适用房40.58万平方米，这样就可以实现更多人"居者有其屋"的梦想了。

本书主要参考资料

《住房体制改革：关于"有恒产者方有恒心"的最新诠释》王小广等著 广东经济出版社

《分化的住房政策：一项对住房改革的评估性研究》李斌著 社会科学文献出版社

《住房改革公积金住房贷款法规自助》法律出版社法规中心编 法律出版社

《住房制度改革已购公房上市房屋租赁拆迁百题问答》北京市国土资源和房屋管理局编写 中国大地出版社

《北京市城镇公有住房租金改革政策宣传手册》北京市人民政府房改办公室编 北京燕山出版社

《房地产·住房改革运作全书》于思远主编 中国建材工业出版社

《改革知识手册——住房改革分册》邵秉仁主编 杨佳燕编写 改革出版社